迷蝶の渓谷

流 星香

white heart

講談社X文庫

目次

物紹介

●ジェイ

ミゼルの使徒《しと》として世界を回国《かいこく》する青年。医師の資格を持っており、その腕は王都《おうと》でも通用するほどの超一流。左手に水晶竜《すいしょうりゅう》の爪《つめ》で作られた武器を装備する優《すぐ》れた剣客《けんきゃく》でもあり、かつて生まれ故郷を滅《ほろ》ぼした孤高《ここう》の修羅王《しゅらおう》・ディーノの行方《ゆくえ》を追っている。恐ろしく愛想《あいそ》が悪く、口より先に手が出るほどの短気だが、根は誠実。肉と葡萄酒《ぶどうしゅ》しか口にしない偏食《へんしょく》だが、作る料理は絶品。

●ルミ

ジェイの相棒《あいぼう》で同じくミゼルの使徒。薬剤師として優れた腕の持ち主で、実は美形で有名なフォルティネン侯爵家《こうしゃくけ》の子息《しそく》。長い金髪に彩《いろど》られた美貌《びぼう》は、女性に見間違《みまちが》えられることもしばしば。本人も、自分の美を知《し》り尽《つ》くし、武器にすることを厭《いと》わない。世界崩壊の危機の際の想像を絶する体験が原因で、苦痛を感じない身体《からだ》に。ジェイには回国の旅の相棒以上の感情を抱いている。

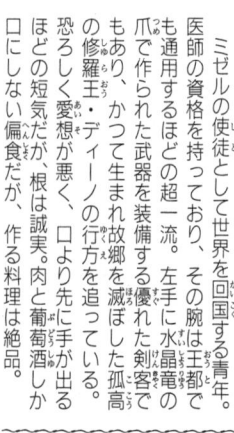

登場人

●リンゼ

ジェイとルミに同行するミゼルの使徒《しと》。王立学問所の研究員になることが夢。

●ディーノ

世界救済の英雄である銀《ぎん》斧《ふ》の聖戦士で現青龍王《せいりゅうおう》。孤《こ》高《こう》の修羅王《しゅらおう》の異名《いめい》を持つ。

●レイム

世界にただ一人の聖魔道士の称号を持つ。ルミの血縁だが雰囲気は違う。

●ヒナ

少年魔道士。レイムの家来。リンゼと同じぐらいの年齢で、優しの面差《おもざ》し。

●ルージェス

世界を統《す》べる女王。公務を円滑に行うため、午前と午後の一日に二回、占い盤で世界の情勢を探る。

●シルヴィン

女王の側近で近衛騎士隊長。世界を崩壊から救った救世の英雄の一人。竜姫《りゅうひ》と呼ばれ敬われている女性。

●サフィア・レーナ

天空に浮かぶ不可侵の地浮空城《ふくうじょう》に住む精龍姫《せいりゅうひめ》。やさしくたおやかな美姫《びき》。ディーノを想っている。

イラストレーション／飯坂友佳子《いいさかゆかこ》

迷蝶の渓谷

プラパ・ゼータ　ミゼルの使徒 6

北風の精は小さな一角獣《ユニコーン》を抱きあげると、涼やかな声で言いました。

「さぁ、もうあなたはここにはいられないのです。女神様は、あなたを遠くに連れていくようにと、わたしにお命じになられたのだから」

女神の命令に逆らうことはできません。ひんやりとした北風の精の胸で、寒さと心細さで小さな一角獣はふるりと身を震わせ、さらに小さくなりながら尋ねます。

「どこに行くの？」

「あなたの知らない、遠いところ。そして、誰もあなたのことを知らないところ」

愛する者たちとの仲を引き裂くため、離れ離れにして、小さな一角獣の力では、二度と戻ってこれないような遠くへ連れていき、そこに捨ててくるように、女神は北風の精に命じたのです。死んでしまってもかまわないと。しかし小さな一角獣にその残酷な真実を告げることは、北風の精にはとてもできませんでした。

「そんなところに行って、僕は何をすればいいの？」

「わたしにはわかりません。ただ、あなたはあなたでありなさい。すべての未来は、いつでもあなたとともにあります。あなたはあなたにできることをすればいい」

そうして北風の精は眠りの吐息を与え、寒々とした孤独に包まれて、小さな一角獣は静かに目を閉じました。


〈オークル・キャレット編纂《へんさん》『風の童話』北風の章より　一部抜粋〉

第一章　予感

世界地図の形を模して、占い盤に広げられた銀の砂は、詠唱された白魔道《しろまどう》の呪文《じゅもん》に反応し、かざされた白い手の下で淡く光り輝いた。輝きは、豊穣《ほうじょう》を示す萌黄《もえぎ》、平穏を示す緑、小さな諍《いさか》いを示す薄紅、微《かす》かに混じる憂いの水色。そして——。

「何？　ここの黒いの。ゴミ……じゃないわね」

横から無遠慮に覗《のぞ》きこまれて、女王ルージェス・ディストールは柳眉《りゅうび》を逆立てる。

「指をささないでちょうだい！　占い盤の気が乱れるじゃないの！」

「はいはい」

女王の側近、近衛《このえ》騎士隊長シルヴィンは軽く肩を竦《すく》め、占い盤の上に差し出していた指を速やかに引っこめた。

「こんな色が現れるのって、初めてのことじゃない？」

白魔道に通じたルージェスは、朝の謁見《えっけん》のまえに占いを行い、前日の午後に行った占いとの違いを見る。ルージェスはこの占いによって、ごく大まかにではあるが、世界が今どのような状態であるかを調べるのだ。こうしてだいたいの様子を先に把握しておけば、各地の領主たちから寄せられる相談や要望も、迷いなく対処することができる。

世界の各地で、武勇を競うような小競《こぜ》り合《あ》いが行われているのは、近年においてはごく日常的なことであり、それによって楽しくない思いをしている領民がいることは、この占い盤に示される憂いの色で読み取ることができる。天候などの原因で起こる自然災害、生態系の乱れで大量発生した生物、伝染病の蔓延《まんえん》など、人々の生活を脅《おびや》かす事件はたくさんある。しかし、それらは淡色から始まる赤や青の警告の色で示され、墨を落としたような黒の、不吉極まりない色がいきなり現れたのは、初めてのことだ。銀の砂粒一つ分に、ぽつんと見える黒。ゴミが落ちたか羽虫でもとまったかと、目を凝らすのも、もっともである。しかもそれは、王都にごく近い場所だ。

「——なんだか、気持ち悪いわね」

シルヴィンの発した言葉は、ごく自然で素直なものだった。清浄な銀色の光のなかに見える、禍々《まがまが》しき闇《やみ》の色。

「そうね……」

嫌悪感《けんおかん》を露《あらわ》にするシルヴィンに、ルージェスは神妙な面《おも》持ちで頷《うなず》く。自然災害とも人的災害とも違う、何かが起こっている。しかしそれは、決して突発的事象ではないのだ。

(機が熟した……)

シルヴィンは直感で、そしてルージェスは占いによって示されたものから、そう思う。

シルヴィンが立っているのとは逆の側、ルージェスの腰かけている椅子《いす》のすぐ横に座っていた黒い犬は、難しい顔をしているルージェスを心配するように、ルージェスの膝《ひざ》に、そっと顔を擦《す》り寄《よ》せた。ルージェスは白い手を伸ばして、艶《つや》やかな犬の頭を静かに撫《な》でる。

「――魔法使いに、連絡する？」

胸の前で腕組みしたシルヴィンは、肩口で切《き》り揃《そろ》えた亜麻色の髪を揺らして、少し首を傾《かし》げてルージェスを窺《うかが》う。シルヴィンが魔法使いと呼ぶのは、ルージェスの兄である聖魔《せいま》道士《どうし》の青年、レイム・エリーズ・カルバインのことだ。世界にただ一人の聖魔道士の称号を持ち、救世の英雄の一人でもある彼ならば、きっと不安を取り除くべく善処《ぜんしょ》し、問題を解決してくれることだろう。

「相変わらず、不作法ね……！」

ルージェスは撫でていた犬の頭から手を放し、やれやれと肩を竦《すく》めた。いくら身内でも、聖魔道士は魔道士の組織の者でありながら階級の別枠に籍を置く、特別な存在だ。何がなんなのかわからないまま、協力を要請することなどできはしない。直接話を持ちかけるなど、言語道断《ごんごどうだん》である。きちんと手順を踏むならば、まず王立治安軍から斥候を送って、件《くだん》の場所に関する調査報告をまとめなければならない。まとめられた報告書をもとに、諸侯と将軍、有識者を集めて会議を開いてじっくりと検討し、その結果、魔道士《まどうし》の力に頼らなければならないと判断するに至って、女王は魔道師を召して協力を要請する。聖魔道士の力を必要とするかどうかは、魔道師エル・コレンティの熟慮のうえで決定されるのだ。たとえ会議によって可決されたり、女王が強く望んだとしても、魔道師がその必要性を認めなければ、魔道士が動くことはない。聖魔道士へと話が持ちかけられるのは、それしか手段がないと判断されたときのみ。聖魔道士はあくまで、最後の切り札なのだ。人々の不安を煽《あお》ってはならないという理由から、兄妹であっても聖魔道士と女王という立場にあるため、ルージェスは滅多なことでは、レイムと逢《あ》うことはできない。

世界を崩壊から救った救世の英雄の一人、竜姫《りゅうひめ》などと呼ばれて敬われ、女王近衛《このえ》の騎士隊長という名誉ある役職に就いても、しょせんは一般階級出身の田舎者《いなかもの》の礼儀知らずと、つんとするルージェスに、むっと機嫌の悪い顔になり、シルヴィンは尋ねる。

「だったらどうするのよ？」

「どうもしないわ」

あっさりと答えたルージェスに、シルヴィンはきょとんとして目を瞬《しばたた》いた。

「どうもしない、って……」

シルヴィンの反応にかまわず、ルージェスは占い盤にかけていた呪《じゅ》を解き、色を失った銀の砂を両手で集めて瓶《びん》に入れる。

「言ったままよ。わからない？」

「でも……」

　銀の砂を瓶《びん》に入れ終わって蓋《ふた》をしたルージェスは、呼び鈴を鳴らして、長衣の裾《すそ》を優雅に捌《さば》いた。扉の外で控えていた女官は、静かに扉を開ける。

「わたくしができることは何もない。それが現実だわ。できる方たちが、できることをすればいい。相談を持ちかけるべきは、わたくしではないわ」

　すっと差し出されたルージェスの手をとったシルヴィンは、軽くそれを引いた。席を立ったルージェスの背で、光の滝のように豪華な金色の長い髪がきらめき揺れた。

　眩《まばゆ》き光の女王、ルージェス・ディストールは、背の高い女性である近衛《このえ》騎士隊長にエスコートされ、つき従う立派な黒犬とともに、女王としての公務のため謁見室《えっけんしつ》に向かった。

　これは、この世を去った賢き麗《うるわ》しの女王、トーラス・スカーレンの遺志。願いを託されて跡を継ぎ、世界を統《す》べる女王となったルージェスには、女王としてやらなければならないことがある。まっすぐ顔をあげて、気高さと正義の象徴として、時の輪を回す人々の前に立つ使命がある。

（お兄様……）

　謁見室に向かって進みながら、祈りをこめて、ルージェスは優しい兄を思う。ルージェスの心を悩ますような不吉な事象を、彼がそのままにしておくはずがない。言葉を送る必要などないことを、ルージェスは知っている。

（どうぞ、無理だけはなさらないで……）

強く、そして哀《かな》しいまでに優しい人。いつでも他人のことを思いやり、そして自分が傷つくことを厭《いと》わない。どんなことが起ころうと、すべてを潔《いさぎよ》く受け入れ、誰を恨むことも、後悔することもない。胸のなかで、兄を守ってくれるように神に願いながら、神にしか救うことのできない人間は、兄のような者のことかもしれないと、ルージェスは思った。


ルージェスの占い盤に示された結果は、王都のこの場所でだけ見ることのできるものではない。世界じゅうの場所で、様々な方法を通して、人々の知るところとなるだろう。武力を行使したり、物資を援助したりすることでは、とても解決しそうにない性質の事柄であることは、それを知ることのできた者には明白だ。


魔道《まどう》結界に守られた小さな領国、ラサ・シェーンの城にいた領主は、ふと顔をあげた。風に含まれる匂《にお》いが、わずかに変わった——。

「あぁ、これは……」

窓の外に向けられたのは、夢見る少年のままの輝きを湛《たた》えた無垢《むく》にきらめく翠《みどり》の瞳《ひとみ》。お日様の色をした金色の長い髪が、肩口をさらりと滑って胸の前に落ちかかる。

告げる。

「封印が解けたのよ」

翅《はね》から弾《はじ》ける光の粉を振りまきながら、少女の姿をした小さな妖精《ようせい》は、高くて細い声で
「きっと古くなっていたんだわ」

「七千年は、長いからね」

それは、語《かた》り部《べ》さえもいなくなってしまった、遠い遠い昔の話――。

「姫様には内緒よね？」

「メイビク姫に、心配はかけたくないんだ」

大好きな人に隠しごとなどしたくはないけれど、話せばきっと心配する。引き止めて困らせることはしない人だとわかっていても、心配している姿を想像するだけで、胸が痛む。優しい人だから、絶対に悲しませたくない。これはきっと、傲慢《ごうまん》で自分本位の、幸福の押しつけ。身勝手だとわかっていても、そうしたい。

「いつもみたいに、ほんのちょっと、買い物をしに出かけるって言うよ」

「うん。そうね」

愛《いと》しさ故の優しい嘘《うそ》。そして想《おも》いを通わせあっている姫君は、彼が嘘をついているとわかっていて、気づかないふりをすることを、妖精は知っている。心配をすることが、彼を憂えさせるとわかっているから。いつもと変わらない、綺麗《きれい》な笑顔で、彼に行ってらっ

しゃいと言う。妖精《ようせい》は、嘘《うそ》つきは大嫌いだけれど、ひたむきで優しくて綺麗《きれい》な心は嫌いじゃない。

水を入れ替えて、花瓶《かびん》を持って戻ってきた小姓の少年は、長椅子《ながいす》で読みかけの本を膝《ひざ》にのせたまま、窓の外を見つめている主人の様子に、首を傾《かし》げる。

「どうかなさいましたか？　レイム様」

小姓の少年、ヒナキスエンは主人によく似た色合いの、しかしやや趣を違えた、甘い蜂《はち》蜜色《みついろ》の金髪と緑の瞳《ひとみ》をしていた。かけられた声に、妖精は慌てて長い金色の髪の陰に隠れた。ラサ・シェーン領主、カルバイン公爵家《こうしゃくけ》第三公子にして聖魔道士《せいまどうし》である青年は、穏やかに微笑《ほほえ》みながらヒナキスエンに振り返る。

「うん、ちょっとね。——そうだ、ヒナくん、頼みごとがあるのだけれど、聞いてくれないかい？」

「——苦いお薬は、僕、あんまり好きじゃありません……」

花瓶を小卓の上に置き、俯《うつむ》きながら小さな声でそう言われ、レイムは苦笑する。古い文献で見つけて、作ってみた煎《せん》じ薬《ぐすり》の味見をしてもらったのが、つい十日ほどまえの話だ。文献には身体《からだ》によいと記してあったが、あれは劇的に不味《まず》かった。彼のほうから、喜んで協力してくれたのに、しばらく長椅子で横になる羽目になってしまって、本当に可哀相《かわいそう》なことをしてしまったと、レイムも反省している。効き目云々《うんぬん》よりも、先に味見をしておくべきだった。

「うん。今度は、そういうのとは違うんだ」

「……本当ですか？」

「本当に」

静かに本を閉じ、にっこりと微笑《ほほえ》んだレイムの笑顔に、少し警戒を解いて、花瓶《かびん》と花の後ろに隠れるようにしていた少年は、そっと顔を見せる。

「君にしか頼めないことなんだ。今、僕はとても困っていて、どうしてもヒナくんに助けてもらいたい」

真摯《しんし》な瞳《ひとみ》をまっすぐに自分だけに向けられ、よく通る涼やかな声でそう願われては、冷たい石でさえ、それを断ることはできないのに違いない。

「――僕にできることでしたら、どうぞなんなりとお申しつけください。僕、頑張ります」

急いで小卓の後ろから出てきたヒナキスエンは、主人の腰かける椅子《いす》の近くにやってくると、両膝《りょうひざ》をついて姿勢を低くした。

「ありがとう。無理を言ってごめんね」

話を聞かせてくださいと見つめられ、レイムは少年がまだ小さかった頃にしていたのと同じように、優しく頭を撫《な》でながら、唇《くちびる》を開いた。

「あのね、ヒナくん……」

レイムがさっき窓の外に投げかけた視線に気づいたのか、数羽の小鳥が飛んできて、窓辺にとまり、そしてレイムの肩の上にとまった。

そしてまた、世界でも最も古い城の一角では、異変を感知した魔道鈴《まどうりん》が鳴っていた。そこは世界のどこでもあり、どこでもない場所。精霊魔道を用いる不可侵の一族の住む、天空に浮かぶ土地・浮空城《ふくうじょう》。

「これからすぐ、王都の近くまで行ってください」

伝令役に任じられた青年は、迅速に相手を捜し出し、挨拶《あいさつ》すら省略して用件を告げた。形式にのっとった優雅な挨拶など、聞くような相手ではないし、時間の無駄でしかない。

「…………」

城から遠く離れた森のなか、見事に枝を張った木の上で、うららかな陽射《ひざ》しを楽しみながらまどろんでいた男は、穏やかな時間を中断させられ、不機嫌極まりない様子で瞳《ひとみ》だけを動かして、銀の髪に青いメッシュのある青年を見下ろす。牙《きば》を剝《む》く非情の獣が奥底に棲《す》む、業火《ごうか》のごとき青の瞳。鋭く研《と》ぎ澄《す》まされた刃《やいば》に等しい一瞥《いちべつ》は、純粋な恐怖心を呼び起こし、震撼《しんかん》させずにはいられないものだ。

(本当に、いつまで経《た》っても……!)

敵ではないと認識していてさえ、その男から放たれる激しさは消《き》え失《う》せることはない。

それは眩《まばゆ》い太陽のごとき灼熱《しゃくねつ》。美の粋を凝らして創《つく》られた彫像よりも雄々しい、美漢。美丈夫という言葉を与えられ、惜しみなく賛美されて然《しか》るべき、至高の者。

男から感じられる、確固たる強いものに惹《ひ》かれて集まってきたものの、畏怖《いふ》して近寄ることができず、遠巻きにしてそっと木陰から覗《のぞ》いている動物たちが、なんて勇気のある者なのだろうと、銀の髪の青年に尊敬の眼差《まなざ》しさえ送っている。何十組もの円《つぶ》らな瞳《ひとみ》の注目を無視し、青年は話を続けた。

「メルスシャンデールというところです」

「知らんな」

瞳を向けることすらやめ、男は寛《くつろ》げたままの身体《からだ》を起こそうともせず、ふんと鼻を鳴らしてそう言った。短い言葉を返したのは、身体にじんと響く、惚《ほ》れ惚《ぼ》れするような声だ。あっさりと切って捨てる言葉は、会話を拒否するものと聞こえた。しかしそのような冷淡な態度を歯牙《しが》にかけることもなく、青年は男に頷《うなず》く。

「二千年ほどまえに、地図から消えています。どのあたりと説明しなくとも『精龍王《せいりゅうおう》のディーノ様』なら、おわかりになられるでしょう」

わざと強調して呼びかけた青年に、この世界でただ一人、青い瞳と黒い髪を持つ男は、むっと眉《まゆ》を顰《ひそ》める。嫌味をこめて呼びかけた青年は、自分に向けられる青い瞳を、セピアの瞳で受け止め、まっすぐに見つめ返す。

「――お寛《くつろ》ぎのところ、まことに申し訳ありません……」

ぼそぼそとした低い声が、木の向こう側から聞こえた。緊迫した空気をぶち壊す声に、青年はがくりと肩から力を抜く。

「……まえからお願いしていました、精霊を封じた水晶のことなのですが……。今、都合が悪くなければ……」

「ギル……！」

木の反対側から自分の名を呼んだ声を聞き、ぼそぼそと話しかけていた若い男は口を噤《つぐ》んだ。見上げていた木は人一人が身を隠すのに十分なほど太く、幹の反対側がまったく見えなくて、気がつかなかったらしい。警戒の必要もない土地で、気を読むなどの注意が払われていなかった証拠だ。

「……ジューン・グレイス？」

立ち位置を変え、そこにいたのかと、顔を見せた従兄弟《いとこ》の姿に、青年は溜《た》め息《いき》をつく。

「ディーノ様、ギルフォード・フラウが精霊を保護して戻ったのは、五か月以上まえだと記憶していますが？」

追及し、じっと見つめるジューン・グレイスのセピアの瞳《ひとみ》から、ディーノは素知らぬ顔をして目を逸《そ》らす。面倒で邪魔臭いので、延ばし延ばしにしていたのに違いない。

（またこの男は……！）

精龍王《せいりゅうおう》としての自覚も義務感も、まったくあったものではない。この男しか精龍王になれる者がいなかったからとはいえ、こんな我《わ》が儘《まま》で自分勝手で傲慢《ごうまん》な男を、大切な精龍姫の伴侶《はんりょ》と認めてしまったことは、精霊魔道士《まどうし》一族の歴史始まって以来、最大の失態であるとジューン・グレイスは声を大にして公言できる。

「だいたいあなたはいつもそうです！　このあいだも……！」

「……お前も、ディーノ様に何か用事だったのか？」

ディーノに向かって説教しかけたジューン・グレイスは、同時に喋《しゃべ》ったギルフォードの声を耳にして、思わず息を止めて言葉を呑《の》みこんだ。ギルフォードの言葉は、さっき自分に呼びかけた続きだ。ギルフォードは二拍ほど遅れた独特の間を持っていて、反応が返ってくるのが遅いのだ。完全に気を削《そ》がれ、脱力するジューン・グレイスに、ディーノは声をあげて笑った。

「笑ってる場合じゃありませんっ！」

真っ赤になったジューン・グレイスは怒鳴り、きっとギルフォードを睨《にら》む。

「ディーノ様は、急用のため、これから出かけられます。精霊の水晶のことは、お帰りになられてからにしてください」

「おい……！」

ゆっくりと身を起こしたディーノは、すでに決定事項としてギルフォードに話すジューン・グレイスに、不快感を露《あらわ》にする。自分の都合を勝手に決められるのは、ディーノの最も嫌がることだ。気分を害しているディーノを、ジューン・グレイスは臆《おく》することなく睨《にら》みつける。

「あなたが本当にどうあってもと断られるなら、このお話はサフィア・レーナ様に引き受けていただくほかありません」

「なんだと？」

「……そうなのか」

物騒な光を青い瞳《ひとみ》に宿し、ジューン・グレイスを睨み返したディーノは、場違いな調子で出されたギルフォードの声に、ジューン・グレイスともども、気が萎《な》えそうになった。ディーノとジューン・グレイスとの会話は、言質《げんち》を取り合うことが多い。気性のまっすぐなジューン・グレイスは、性格の悪いディーノに引っかけられてしまっての負けが多いが、どうしても譲れないものもある。自然と緊迫するジューン・グレイスとディーノの会話に、一人だけ調子の違うギルフォードの存在は、はっきり言って邪魔である。

「――下がれ」

きっぱりした言葉をかけられたギルフォードは、どうしてそう命じられたのかを考え、そして理解した。

「……はい」

ディーノに向かって一礼し、ジューン・グレイスに会釈《えしゃく》して、ギルフォードは踵《きびす》を返した。立ち去りながら、ギルフォードは二人の姿で連想し、尋ねたかったことを思い出す。

（あ……）

それは、激しい吹雪《ふぶき》に追われて入った古城で目にした、小さな飛竜《ひりゅう》のことだ。巨大な飛竜とともにディーノが浮空城《ふくうじょう》に連れてきて、ジューン・グレイスによく懐《なつ》いていた。聖《せい》魔道士《まどうし》の訪問があって後に、あの小さな飛竜の姿が見えなくなって。どこに行ったのだろうと思っていたが、姿を見るまではすっかり忘れていた。ミゼルの使徒《しと》の医師が連れていたあれは、ディーノの連れてきたあの小さな飛竜に間違いない。小さな飛竜を、ディーノは飼っているわけではないと言っていた。あのミゼルの使徒も、勝手についてきているだけだと言っていた。

（……また今度でいいか……）

なんということもない世間話だ。精龍姫《せいりゅうひめ》の近衛《このえ》騎士であるジューン・グレイスが持ってくる用事は、精霊魔道師や一族の長老、女官長からの用事が多い。急用を邪魔してまで、わざわざしなければならない話ではないので、ギルフォードはそのまま立ち去った。

ギルフォードと正反対の方角に、踵を返して立ち去ろうとするジューン・グレイスを、ディーノは射殺しそうな眼差《まなざ》しで睨《にら》みつける。

「おい……！」

「下がれと言われたでしょう？」

　ギルフォードに言った言葉だとわかっていて、つんとするジューン・グレイスに、ディーノは忌《い》ま忌《い》ましげに舌打ちする。

「貴様に言ったのではない……！　さっきのはどういう意味だ⁉」

　足を止めたジューン・グレイスは、振り返って樹上のディーノを見上げる。

「どういう意味もありません。言葉のままです。精龍王《せいりゅうおう》であるディーノ様の都合が悪いのならば、精龍姫であるサフィア・レーナ様にお願いするしかありません」

「貴様たちは、いつもそうなのだな……！」

　か弱い乙女《おとめ》一人の肩に重荷を押しつけ、危険ばかりを冒《おか》させようとする。大義名分で自分たちを正当化し、自己犠牲を強いる——！

　手負いの獣のように刺々《とげとげ》しい気を放つディーノを、ジューン・グレイスは凪《な》いだ湖面の輝きを湛《たた》える瞳《ひとみ》で見つめる。

「わたしが行ってどうにかなるものなら、命を賭《と》することもいたしましょう。すべての精霊魔道士《まどうし》がどれほど修行を積み、鍛練したとしても、サフィア・レーナ様の代わりは務まりません」

　見守るしかできない者の気持ちがわかるのかと、静かな怒りに満ちた声で言い、ジューン・グレイスはディーノに挑みかける。

「あなたは守ると仰《おっしゃ》られたのではないのですか⁉」

一族の皆が愛してやまない大切な姫を。すべてを圧倒するその揺るぎない存在と、誰もを凌《しの》ぐ力を見せつけて。

「ニーナ・クレイエフ様は、この件をサフィア・レーナ様にお願いするように、わたしに仰られました。ですが、わたしはこの件の適任者は、サフィア・レーナ様ではなく、あなたであると思いました。だから、ここに来たのです」

それは独断で。かねてからこの件について検討していた精霊魔道師《まどうし》ニーナ・クレイエフたちの意向を無視して、ジューン・グレイスはディーノに依頼しに来た。

「命令を無視したことは、騎士としてあるまじき行為です。規則にのっとって、わたしは罰せられるでしょう。ですが、あなたを止められる者はいません。あなたは、今ここで動かなければならない」

ディーノは一度ゆっくりと目を閉じる。白い翼の似合う者、平穏と幸せを願う清らかな乙女《おとめ》は、それを成し得る者が自分しかいないと知ったなら、誰が願うでもなく、それを行うことだろう。そよぐ風に揺れる薄い花びらのように、たおやかで可憐《かれん》な美姫《びき》でありながら、その意思は世界の何よりも強固で、どんな脅しにも困難にも屈することなく、傷つき血を流して、死にかけても、絶対に諦《あきら》めることはない。かの乙女を憂えさせず、手を汚させないようにするには、不本意でも自分が腰をあげるしかない。

「──今度はなんだ⁉」

苛々《いらいら》と問いかけられ、ジューン・グレイスは答える。

「七千年の昔に、神によって封印されたものです──」

話を聞くにつれて、ますますディーノの機嫌は悪くなった。


そして異変は、王都の魔道宮《まどうきゅう》でも察知されていた。魔道師エル・コレンティは、早急に行動を起こさねばならない事態に、聖地クラシュケスに向かい、大神官長ヒルキスハイネンのもとを訪ねていた。これが先の女王トーラス・スカーレンの御代《みよ》であったなら、エル・コレンティは即座に命令を下していただろう。しかし今、祭司長はヒルキスハイネンが兼任しており、陰から世界を支える魔道士を統《す》べるエル・コレンティは、表立った行事に対しての権限を持たない。

「ザイフリート公爵家《こうしゃくけ》の使者は、精霊魔道士がこの事態の収拾を図ると言っていた」

王都には連絡係として、ザイフリート公爵家の者が常駐することになっている。不思議の術を用いる彼らは、事務連絡を取り合い、その必要があれば行動について知らせてくれる。魔道士が知り得た事象が、女王が腰をあげねばならないような事柄ならば、それは女王に報告され、諸侯や軍部が動く。しかし公にすることなく、密《ひそ》やかに処理することが適切なことならば、それは魔道師の裁量に委《ゆだ》ねられる。

エル・コレンティの言葉に、ヒルキスハイネンは頷《うなず》く。

「それがかの一族の使命であります故、任せておいて間違いはないでしょう。しかし、神事を行うのは我々の役目」

精霊魔道士《まどうし》がどれほどの力を持っていようとも、神事は専門外だ。それなりの支度《したく》をしておかねばならないとするヒルキスハイネンに、エル・コレンティは戸惑うような様子を見せる。

「状況の把握のために、魔道士を向かわせた。──神具を持つ者が、ごく近い位置にいるようなのだが……」

煮え切らない態度のエル・コレンティに眉《まゆ》を顰《ひそ》め、ヒルキスハイネンは尋ねる。

「聖剣士ですか？」

女王が独自の判断で、密《ひそ》やかに送り出した者なのだろうか。白魔道に通じた女王ルージェス・ディストールならば、いち早く事態を察知し、直属の騎士団から選出した精鋭に聖剣を携えさせて、あの場に向かわせることもできるだろう。飛竜《ひりゅう》を使えば、すぐの距離だ。

ヒルキスハイネンの問いを、エル・コレンティは否定する。

「それは大神官長が知っている者──。ミゼルの使徒《しと》の一人である」

正式に神具と呼ばれる物の所有者は、世界でもよほど特別な者だけだ。聖職者と呼ばれ、居場所と行動を確認されていても、極論で述べるのなら、ミゼルの使徒《しと》は回国《かいこく》の活動をやめればいつでもその称号を返還できる民間人にすぎない。貴族でもなく、俗世間を捨てて籍を移した者でもない。そのような者の手に、神具が渡るはずはないのだが……。

怪訝《けげん》な顔になり、眉《まゆ》を顰《ひそ》めて考えて、ヒルキスハイネンは思い出す。青白く輝く月にも似た、金の髪の若者を。

「しかし、あの者は……！」

神具を持っているといっても、ただそれを所持しているだけで、正式な後継者になったわけではない。

「——すべては、時の輪の導きのままに」

神ならぬ身であれば、偶然か必然かはわからない。大事にならなければいいと願いながら、エル・コレンティは恭《うやうや》しく頭《こうべ》を垂れた。

何も知らせてはいない。そして何かを知り得る者でもない——。

しかし彼は、何かを感じることができる者だった。

「…………」

不意に足を止めたジェイに、リンゼはきょとんとして目を瞬《しばたた》く。

「なんですか？」

そこは、女王領まであとわずかという、山道だった。王都に近づくにつれ、ミゼルの使《し》徒《と》を必要とする場所は少なくなってくる。ミゼルの使徒としての回国《かいこく》の予定をすべて終えた三人は、平地に抜けたところにある町で乗り合いトカゲ車を見つけ、それに乗って聖地まで戻ろうかと予定をたてていた。

返事をせず、くわえている煙草《たばこ》の煙を揺らしながら、ゆっくりと首を巡らせたジェイは、ある方向でぴたりと動きを止める。

「ウキュ」

ジェイの左腕にしがみついた小さな飛竜《ひりゅう》は、ジェイと同じ方向に顔を向け、翼を動かす。ジェイの視線を追ったルミは、谷間に細くたなびく、微《かす》かなものに気づいた。

「煙だね」

「？　あんなところに、村なんてありませんよ？」

地図を取り出したリンゼは、そこが地名もない谷であることを確認した。

第二章　発見

遥《はる》か昔、まだ地上に神々がいた頃、賢く心優しい知の神ミゼルは、人間たちの幸せを願い、健やかな暮らしの手助けとなるような知恵を、人間に与えることを決めた。神の庭において、ミゼルの神が人間に知恵を授けるという話は、太陽神の放った光によって世界じゅうに広まったが、実際に神の庭に集まったのは、ほんのわずかの人間でしかなかった。それというのも、人間たちはまだ十分な知恵を持っていなかったために、海や川、荒れ野や砂漠を越えることができずに、神の庭に辿《たど》り着《つ》くことができなかったのだ。知恵を求める旅路の途中で、不幸にも多くの人間たちが天に召されていたことを知り、知の神ミゼルは憂えた。そしてミゼルの神は、人間たちを神の庭に集めることをやめ、天使たちを世界じゅうに送り、人間たちに知恵を伝えることを命じた。やがて時が流れ、恵み豊かな金と銀の時代が終わり、銅の時代となり、鉄の時代となって、神を敬う心をなくした人間たちは武器をとって争うようになった。神々は地上から去り、天使に命じて人間に知恵を授けていたミゼルの神も、天使たちを呼び戻し、ともに地上から去ることにした。このとき、ミゼルの神は最初に神の庭に集まって知恵を授けられた人間のうち、特に優秀な者から、賢く敬虔《けいけん》な者を選んで、透明の翼の祝福を与え、天使がしていたように世界を巡り、ミゼルの神の知恵を広めるように命じた。

そうして七千年を経た今も、ミゼルの神を信仰する正しき知恵を持つ者たちは、世代交代を繰り返しながら、聖地にあるミゼルの塔《とう》を拠《よ》り所《どころ》として、世界を巡る旅を続けている。

ミゼルの使徒《しと》とは、知の神ミゼルの命《めい》に従い、ミゼルの神が人間に授けた知恵を、広く世界じゅうの人々に伝えるために活動する者たちのことである。


ディストール王朝になってから発行されている新しい地図には、名称以外の記述は省略されるようになった。しかしどんなに小さくとも、領主の管轄下にある集落の名前が省略されてしまうことはない。谷間に煙が見えたとしても、それは常識的に考えるなら、定住する者のいない炭焼き小屋か山小屋の類《たぐい》の、民家とは呼べないものということになる。

「ジェイ」

進もうとルミに呼びかけられても、立ち止まったジェイが足を動かす様子はなかった。谷を見つめているジェイの姿に、リンゼは肩を竦《すく》める。

「行ってみましょう」

無駄足になる可能性は大だった。しかしひょっとすると、足を滑らせて谷に転落して負傷した遭難者がいるかもしれない。

「いいのかい？」

ルミはリンゼに尋ねる。

「はい」

ルミが自分のことを考えてくれているとわかって、リンゼはくすぐったそうな顔で微笑《ほほえ》みながら頷《うなず》く。


教員採用試験に合格し、ミゼルの使徒《しと》としての承認を受け、ジェイとルミを仲間とした今回が、初めての回国《かいこく》の旅だったリンゼの夢は、王都の王立学問所の研究員となることである。

王立学問所は、最高学位を取得した者だけが研究員になることができる、世界一の学術機関だ。教員免許を取得したぐらいの学歴では、研究員にはとてもなれない。一級の大学で修士課程を修了して大学院に進み、博士課程を修了して、博士論文の審査と試験に合格して、博士の学位を授与されて、初めて研究員採用試験を受けることができるようになるのだ。研究員採用試験はかなりの難関で、合格者が数人という年すらある。研究員採用試験の合格を目指す者のほとんどは、研究員の助手として王立学問所に入り、実績を上げてから試験に挑むのであるが、研究員の助手にすら、そう簡単になれるものではない。

ただ、例外として、博士の学位を持っていない者でも、王立学問所の研究員採用試験を受験できる特別な条件がある。それが、ミゼルの使徒《しと》として活動することである。

勉強のためにひと所に籠《こ》もりっぱなしの人間は、机上の空論ばかりで、知識に偏《かたよ》りが生じることが少なくない。王立学問所は、学問はこの世界のすべての人々のために存在するという理想を掲げて研究を続けている機関だ。より広い見識のある人間を求めているため、世界各地に足を運び、様々な人々と接しているミゼルの使徒にも、門戸を開いているのである。ミゼルの使徒は、人々が何を求めているのかをつぶさに見て知っている。求められていることを形にすることも、学術的研究においては必要なことである。

もちろん、ミゼルの使徒になるには、相当の教育機関で学習し、その後に資格取得の試験を受けて、それに合格して免許をもらわなければならない。そうして申請すれば、ミゼルの使徒になることができるが、もちろんそれだけで研究員採用試験を受けられるというものではない。ある規定以上の距離を旅して、ミゼルの使徒としての活動をし、実績を証明する『評価点数』を得なければ、受験資格がもらえないのだ。評価点数の算出法には、厳格な規定がある。ミゼルの使徒の出発地点は聖地だが、聖地からあまり距離を隔てていないところをいくら巡っても、高い評価点数を稼ぐことはできない。

一般教育課程を修了した者のうち、成績優秀な者が受験して取得できるのが、教員免許である。一般教育課程を修了すれば、専門教育課程である大学に進むことができる。王立学問所を目指すなら、一級の大学に進学しなければならない。一級の大学に入学して、大学院に進み、博士の学位を授与されるまでには、順風満帆《じゅんぷうまんぱん》に問題なくいっても、八年かかる。ミゼルの使徒《しと》になって、評価点数を稼ぐことを目的に活動すれば、うまくいけば一年ぐらいで王立学問所の研究員採用試験の受験資格が得られる。一日も早く王立学問所の研究員になりたかったリンゼは、一般教育課程の卒業試験に合格した後、一級大学への入学試験を受けず、教員免許の取得試験を受け、ミゼルの使徒になって評価点数を稼いで、王立学問所の研究員採用試験を受けることを選んだのだ。

リンゼが独自の理由から作成した、途方もない距離を旅する行程申請書が採用された今回の回国《かいこく》では、予定を終えて王都の聖地に戻ったときには、リンゼは王立学問所の研究員採用試験の特別枠で受験できるだけの、評価点数が取得できることになっていた。予期せぬ事態に臨機応変《りんきおうへん》に対応するための変更や、思わぬ足止めをくってしまったりということもあったが、予定していた回国の活動は、おおむねうまく行えた。リンゼの欲《ほっ》していた評価点数は、十分に稼ぐことができた。女王領に近い場所では、領主の館《やかた》から離れた、領地の端にあたる地方であっても、ミゼルの使徒を必要としている場所はごく稀《まれ》だ。目的は果たしたと考えることができる。リンゼが本年度の王立学問所の研究員採用試験を受けるためめの願書を提出する手続き等のことを考えると、一日でも早く聖地クラシュケスに戻ったほうがいい。そうして先の町を出発したのだ。

回国《かいこく》の活動は終わりということにしたのだから、このままここで二人と別れて、リンゼは一人で先に聖地に向かうこともできるのだ。面倒に自分から首を突っこまなくてもいい。けれど、二人にたくさんの恩を感じているリンゼは、出発したときと同じに、三人で聖地に戻りたかった。まったく何もわからない、何もできなかったリンゼが、ミゼルの使徒《しと》として回国の活動をし、元気でここまで来られたのは、ジェイとルミがいてくれたからだ。身勝手な理由から作成した行程申請書のせいで、とんでもない長旅になったのに、それについて二人が文句を言うことはなかった。旅の大変さを知らなかったから書けた、無茶な行程申請書だったことが、今ならリンゼにもわかる。ジェイとルミには本当に、どれだけ礼を言っても、足りないぐらいだ。

「そう」

快諾したリンゼに、わかったとルミは頷《うなず》く。理由を話さなくても、こうと思ったとき、ジェイは頑固に考えを変えないことがある。それは銀斧《ぎんふ》の戦士に関する情報を得たときが多いが、ジェイがあの男の気配や存在を感じて、そちらに向かいたがるという可能性はないことを、ルミはわかっていた。それが感じ取れるなら、何度も擦《す》れ違《ちが》うようなことにはならないからだ。光に導かれるように、ジェイがふらふらと銀斧の戦士に近寄っていくことはない。ジェイと行動をともにすることを選んでいるルミは、最初からジェイの気のすむようにさせてやるつもりだった。一度どこかに足を向け変えたならば、想像していたよりもずっと時間をとられたり、足止めをされてしまうことがある。以前立ち寄ったリンデンオークス村のように、伝染病の蔓延《まんえん》している場所に行き当たってしまった場合、感染を予防するために、一定の期間、行動を制限されることもある。何もないかもしれない。しかし、ひょっとしたら、何か面倒なことがあるかもしれない。リンゼにとって、都合の悪い事態になってしまう可能性もあるが、そのことについて、ルミは触れなかった。三人で谷に向かうということは、ルミが提案したことではない。リンゼがそう望んだのだ。姑息《こそく》だとわかっていて、行動の責任を、ルミはリンゼ自身に負わせた。

「ウキュキュ」

進路の変更を決定した二人を見て、ジェイの左腕にしがみついている小さな飛竜《ひりゅう》が翼を動かした。小さな飛竜も、様子のおかしいジェイと同様に、さっきから何か落ち着きのない様子をしている。

「ジェイ、確保できるだけの飲み水と食料を集めながら向かうよ」

「――あぁ」

ルミの言葉にジェイは頷《うなず》く。医薬品の補充は必要ないが、谷底で遭難している者がいたとして、それが単独であるとは限らない。人間を見つけてから、水だ食料だと集め回るよりは、道々注意を払って集めながら移動したほうが、対処は早く行える。たとえ杞憂《きゆう》に終わってしまっても、水と食料は無駄にはならない。木炭鉛筆を取り出したリンゼは、煙が見えた方角と現在地に印を入れ、コンパスと地図をしっかりと握った。

山道を外れ、ジェイは二人の先に立ち、獣道らしきところを果敢に進む。こういうところを進むとき、いつもなら火事になることを懸念《けねん》して、ジェイは煙草《たばこ》の火を消すのだが、なぜだか今日に限って、ジェイは煙草の火を消さずにくわえていた。

(なんだ……?)

ちりちりと左腕の肌を刺激する感覚……。黒い革の手袋に隠されている水晶竜《すいしょうりゅう》の爪《つめ》が、目に見えない何かを感じているように思えて、ジェイはどうにも落ち着かない。こんな感じは初めてだ。

進行方向にあった小川で水を汲《く》み、野生の果物や木の実を取り、山鳥を三羽ほど捕まえて進んでいくと、木が途切れ、視界が開けた。谷を見下ろす尾根の部分に出たのだ。

「……村……?」

ゆっくりと煙草の煙を吐き出したジェイの横に立ったリンゼは、眼下に見えるものに、唖然《あぜん》とする。谷間《たにあい》の、わずかに平地になった部分にあるのは、鐘《かね》を吊《つ》った石造りの尖塔《せんとう》や教会か神殿らしい建物のある広場を森林で囲んだ、数十戸の民家からなる集落だ。リンゼはもう一度確かめてみたが、地図にはそのような集落を示す名称は、記載されていなかった。

「いつの間にか消えてしまったか、故意に消されたのか——」

ルミは呟《つぶや》く。おそらく、そのどちらかだ。あるものは、ある。地図に記されていなくとも、集落は確かにそこに存在する。

「…………」

ジェイは集落目指して、谷に下りはじめる。集落は廃村ではなかった。生活している人間がいる。

「ウキュキュキュキュキャオ」

何やら哭《な》いている小さな飛竜《ひりゅう》を、ジェイはうっとうしいと、左腕から剝《は》ぎとって捨てた。放《ほう》り投《な》げられた小さな飛竜は、ぱたぱたと飛びながら、三人についてくる。道とは呼べない場所を強引につき進んだジェイは、両岸が切り立った崖《がけ》となった谷川に行き当たり、そこで足を止めた。集落はこのすぐ向こうだが、川を越える手だてがない。川は轟々《ごうごう》と音をたてて流れる激流で、川幅はかなりあり、近くに生えている木を倒して、丸太橋を渡すことはできない。蔓《つる》植物を集めて縄を都合して、というのも、危険すぎて現実味に欠ける提案だろう。

「…………」

ジェイは深緑《ふかみどり》の瞳《ひとみ》を動かして、ちらりとリンゼを見た。

（うっ……！）

何か方法はないのかと、目で脅されたリンゼは、冷や汗をかきながら考える。体力腕力、ともに自信なしのリンゼの取り柄は、器用さと発想の豊かさだ。こういうときにこそ、役に立ってみせなくてはならないのだが……。

（無理ですよぉ……☆）

途方に暮れたリンゼは、情けない顔になる。無茶な要求をされて蒼《あお》くなっているリンゼに、ジェイの隣にいたルミは苦笑する。

三人の頭の上に枝を広げる木の枝にとまっていた小さな飛竜《ひりゅう》は、ふと顔をあげ、風の匂《にお》いを嗅《か》ぐような格好をする。

「キュ！」

ひと声哭《な》いて、枝を蹴《け》った小さな飛竜は、勢いよく右横のほうに飛んでいった。何か獲物でも見つけたのだろうか。ルミとリンゼがそちらのほうに顔を向けると、自分たちのいるところから百メートルほど離れた場所で、鋭い羽音を響かせてたくさんの鳥が飛び立ち——。

「わ！」

若い男の声と、細い木の枝をへし折って、大きなものが落ちたような音が聞こえた。

「……誰かいますね」

「あぁ」

リンゼの言葉に、ルミは頷《うなず》く。しかもその誰かは、たった今、ちょっとした高さから転げ落ちたらしい。ジェイは声の聞こえたほうに向けて歩きだした。

正規の道からは、かなり外れていた。薬品になる植物の採集をしたり、食料になる動植物を都合したり、飲み水を汲《く》んだりという必要から、道を外れることもしばしばあるジェイたちだったが、ジェイが煙を見つけた方向に向かおうと思わなければ、このあたりまで踏みこむことはなかっただろう。こんな場所にいる人間は、狩人《かりゅうど》か、道に迷った者か、それとも、あの集落に関係する者か……。

「キャオ」

やってきたジェイたちに振り返り、崖《がけ》に突き出した木の枝に座っていた小さな飛竜《ひりゅう》は哭《な》いた。谷川に面した崖にあった、一メートルほど下の段差に、足を滑らせて落ちた者がいる。崖が崩れてできたのだろう、ちょっとした張り出し部分なので、長さも奥行きもそんなにあるわけではない。灌木《かんぼく》が障害になり、谷川に向かって転げ落ちなかったのは、幸いだった。

「脅かしてはいけないよ」

ルミは涼やかな声で、小さな飛竜に注意する。悪戯《いたずら》半分で体当たりをした様子が、まざまざと目に浮かんだ。ジェイは下にいる者を見下ろす。

「……おい」

言葉数が少なく、無愛想《ぶあいそう》なのはいつものことだ。煙草《たばこ》の火を消して隠しの携帯灰皿にしまい、大丈夫かと声をかけたジェイに、下の段差の草むらで尻餅《しりもち》をついていた者が、どうにか体勢を立て直して振り返る。

「あ……、どうもすみません、騒がしくしまして……！」

頭を下げたのは、青紫色の法衣を着た魔道士《まどうし》だった。フードを被《かぶ》っているせいで、顔はよく見えないが、声はまだ若々しく、体格もそんなに大きくない。

「お怪我《けが》はありませんか？」

そっと問いかけて、リンゼは魔道士に向かって恐る恐る手を差し出した。助けてくれようというリンゼに恐縮し、魔道士は差し伸べられた手を摑《つか》んだ。

「ありがとう。滑り落ちただけです。お気遣いいただいて、すみません」

ミゼルの使徒《しと》は、取得している資格によって、回国《かいこく》の活動をする際に着用する制服がある。医師であるジェイの場合は白いコート、薬剤師のルミはケープと大きなベレー帽、教師のリンゼはライトコートと帽子がそれにあたる。装束のすべてではなく、上着や帽子、鞄《かばん》といった感じで、資格ごとに定められているものだが、それは少なからず目にして、世界じゅうの人々が知っている。現れたジェイたちの姿を見れば、どのような者たちであるのかは、自己紹介されるまでもなくわかる。魔道士は、癒《い》やしの魔道の力で自分の傷を治癒することができるので、ジェイやルミの手を煩わせるような存在ではなかった。差し出されたリンゼの手を取ったのも、リンゼに気を悪くさせないためかもしれない。事実、リンゼはほとんど負荷を感じることなく、楽に魔道士《まどうし》を引き上げることができた。

リンゼの手を借りて、上がってきた魔道士は、リンゼとほぼ同じ身長だった。魔道士は階級ごとに、法衣の色を分けられていて、青紫といえば、かなり階級の高い高級魔道士に与えられるものだ。本物の魔道士であることを示し、階級を刻印したメダルも、法衣に縫いつけられている。

（ずいぶん若い？）

驚いてルミが見ていると、木の枝から飛んだ小さな飛竜《ひりゅう》が、魔道士に飛びついた。

「わ☆」

いきなりやってきた小さな飛竜に、驚いた魔道士は、しかし今度は転げ落ちることなく、胸に抱えこむようにして、小さな飛竜を受け止めた。小さな飛竜を抱っこした弾みで、身体《からだ》を揺らした魔道士の頭から、被《かぶ》っていたフードが後ろにずり落ちる。

「ウキュキュキュキュ」

「はい」

魔道士は、何やら訴えかけている小さな飛竜を抱いて、にこにこと微笑《ほほえ》む。日の光の下に頭部を晒《さら》した魔道士は、本当にリンゼと同じぐらいの歳《とし》の少年だった。きらきらした甘い蜂蜜色《はちみついろ》の金髪に、透き通る緑色の瞳《ひとみ》で、育ちのよさそうな優しい面差《おもざ》しをしている。

小さな飛竜《ひりゅう》は女性には惜しみなく愛想《あいそ》を振りまくが、男に対しては冷淡である。小さな飛竜によって、ヒエラルキーの下位に位置づけられたリンゼに至っては、ずかずかと頭の上にのられることはあっても、抱きつかれることとも、抱っこさせてもらえることもない。しかしよく見ても、それはやはり少女ではなく、少年だった。どうしてこのように、小さな飛竜が甘えるのだろうかと疑問に思ったジェイたち三人は、この少年魔道士《まどうし》にどこかで逢《あ》っているような既視感《きしかん》を覚えた。

（……？）

三人とも、同じことを考え、お互いの様子を探るようにしたので、三人共通した思いなのは間違いない。リンゼと三人で回国《かいこく》の旅を始めてからのことなのだろうか。

「――君、どこかで逢ったことがあるかい？」

ルミに尋ねられ、少年魔道士はきょとんとした顔でルミを見つめる。

「いいえ。初めてだと思います」

「君は、この土地の領主のところにいる魔道士なのかい？」

「いいえ。王都のほうから来ました」

ならば、この少年魔道士は、わざわざここに派遣されてきたということになる。しかし周りには、ほかに魔道士の姿は見えない。

「一人かい？」

「はい」

歳《とし》が若くても、青紫の法衣を与えられるだけの実力があるならば、単独行動を任されても、確かに不思議はない。

「どうしてここにいるんだい？」

「あの……」

質問を重ねたルミに、少年魔道士《まどうし》は申し訳なさそうな顔で微笑《ほほえ》んだ。

「すみません。あまり細かい事情は、お話しできないことになっているんです」

柔らかい調子の、耳触りのいい声でそう言われ、ルミははっとする。

「あ、いや、わたしが悪かった。立ち入ったことを聞き出そうとしたわけではなかったのだけど……」

彼がリンゼと同じような年頃であることで、気安くなっていたらしい。なんとなくするすると、質問が口をついて出てしまった。いくら可愛《かわい》らしい少年でも、魔道士に対してとるべき態度ではなかったと、ルミは反省する。

「キャオ」

少年魔道士に抱っこされながら、振り返った小さな飛竜《ひりゅう》が注意するようにルミに哭《な》く。

少年魔道士は、にっこりと微笑み、後ろにずり落ちたフードを直そうと手をかけた。

「あぁ、被《かぶ》らないで」

ルミは白い手を出して、フードを直そうとする少年魔道士《まどうし》を止める。どうかしたかと見つめられて、ルミは微笑《ほほえ》んで言った。

「このくらいの陽射《ひざ》しなら、浴びているほうが健康にいい。日光をまったく浴びないのは、感心しない。それに、君ぐらいの年齢は、まだ身体《からだ》を作っているところだからね」

魔道士は、癒《い》やしなどの魔道を用いることができるので、日光浴など不要と割り切るかもしれない。しかし、医療に携わるミゼルの使徒《しと》としては、そういう考え方は、歓迎しがたい。魔道士としての戒律に触れることになるかもしれないけれど、一人で屋外にいるときぐらい、ほんの少し健康に気を遣ってもいいのではないだろうか。ルミにそう言われ、少年魔道士はにっこりと微笑んだ。

「そうですね。ありがとうございます」

「どういたしまして」

ルミはにこにこと微笑み返して、少し乱れていた少年魔道士の髪を撫《な》でて直す。

(うん♡　さらさらでいい感じだ)

ふわふわと柔らかいリンゼの茶色の髪の手触りも気に入っているが、この金髪も悪くはない。触ってから、ルミはこの少年魔道士とは逢《あ》ったことがないと、はっきりわかった。

見えなくなるし触れられなくなるしで、少年魔道士の頭をフードで隠してしまうのが、ルミはもったいなかっただけだろう。機嫌よく微笑み交わしている姿を見つめて、ジェイとリンゼはそう思った。もっともらしい理由をつけたが、ようするにルミは、可愛《かわい》らしいものや綺麗《きれい》なものや気持ちのいいものが好きなのだ。付き合いがそれなりになってくると、ルミの気に入りそうなものも、だいたいわかってくる。

(魔道士《まどうし》には、こういう人もいるんだ……)

手の先だけしか見えないような長衣を着て目深《まぶか》くフードを被《かぶ》り、古めかしい薄暗い石造りの塔《とう》で、音もなく影のように移動していた、大人の魔道士ばかりを目にしていたリンゼは、ほっとする。俗世とは隔絶した組織に属しているといっても、やはり同じ人間なのだ。

「あの、僕たち、あそこに見える村に行きたいって思ってるんですけど。橋が架かっている場所をご存じないですか?」

尋ねられて、少年魔道士は思案する顔になる。

「今は、ありません。あの場所に、何か御用がおありなのですか?」

「——我はミゼルの使徒《しと》にして、知の神ミゼルの神聖なる使いなり……」

響きのいい低い声で、ジェイは言った。少年魔道士は少し考える。

「使徒としてのお仕事なのですね。そういうことでしたら、わかりました。どうぞ、ついていらしてください」

少年魔道士は抱いていた小さな飛竜《ひりゅう》を放し、ジェイたち三人に向かって、貴族家に仕える者のように行儀よく一礼した。

「ウキュキュ」

「うん」

肩の近くを飛ぶ小さな飛竜《ひりゅう》に、にこりと微笑《ほほえ》みかけて、少年魔道士《まどうし》はジェイたち三人を促し、小さな飛竜とともに先に立って歩きはじめた。

そうしてジェイたちは少年魔道士に連れられて、切り立った崖《がけ》っ淵《ぷち》に到着した。小さな飛竜は、近くの木の枝にとまった。

眼下にはやはり谷川が流れていて、村はその向こうにある。

「……あの？」

遠慮がちにリンゼは声をかけ、少年魔道士はゆっくりと身体《からだ》を向け変える。向かい合って、少年魔道士は言った。

「今はありませんけど、ここには以前、とてもしっかりした石造りの橋が架かっていたんです。目を閉じて、思い出してみてください。想像でいいですから」

ここに橋を思い浮かべろと、少年魔道士に言われて、ジェイたちは目を閉じる。妙な物言いだったが、素直で優しい少年魔道士の声を聞いていると、不思議と馬鹿馬鹿しいという思いは湧《わ》いてこなかった。

「いいですね。では、橋を渡りましょう」

少年魔道士《まどうし》は静かに誘《いざな》った。

「目を開けてください」

ジェイたちは、そっと目を開ける。谷はいつの間にか薄い霧で霞《かす》んでいて、少年魔道士の向こうには、さっきまではなかった、石造りの立派な橋が架かっているのが見えた。

（魔道……？）

呪文《じゅもん》は声を出さなくても、唱えることはできる。印《いん》を描いたりする姿を見せないようにするために、目を閉じさせたのだろうか――。

「僕の後についてきてください。でも、一つだけ約束です。橋を渡っているときには、絶対に振り返ってはいけません」

やんわりと流れる霧のなか、少年魔道士は先に立って、橋を渡っていく。流れている谷川の荒々しい水音は聞こえるのだが、霧のために橋だけしか見えず、眼下や周りの様子はさっぱりわからない。

「誰がなんといっても、橋はあります。それは、今、橋を渡っている皆さんには、はっきりわかることです」

歩いている足は確かに、硬い石の橋を踏んでいる。

「ですが、それを否定する人がいても、口論などはなさらないでください。渡れない人には、どんな橋が架かっていても、渡れないのですから。橋を認めない人は、それでいいのです」

　ゆっくり静かに、前を向きながら少年魔道士《まどうし》は語った。約束を破って振り返った場合どうなるのか、まったく知りたくないと言えば嘘《うそ》だったが、都合の悪いことが起こるのが、こういう場合の常である。言われたように後ろを振り返らずに、ジェイたちは少年魔道士とともに、橋を渡りきった。

「はい、お疲れさまでした」

　少年魔道士は振り返り、ジェイたちに向かってにっこりと微笑《ほほえ》んだ。橋を渡っているあいだに、いつの間にか、霧はすっきりと晴れていた。

「僕はやらなければならないことがあるので、ここで失礼します。この場所を、よく覚えておいてくださいね」

　少年魔道士は、足元を指さす。伸び出た雑草に埋まりかけて、ほとんど見えなくなっているが、そこは石畳で舗装された道だ。尖塔《せんとう》や教会か神殿のような場所に続いているのだと、少年魔道士は教えた。

「ここに来れば、必ず橋を渡ることができます。僕がいなくても大丈夫、さっきと同じように、一度目を閉じて、橋がここにあることを思い出してください。そうすれば、橋を渡ることができます。そのときにも、絶対に、振り返らないようにしてください」

　約束ですと、にっこり微笑んで、少年魔道士は一礼し、背を向けて歩き去った。

「……橋——」

今渡ってきた橋を確かめようと、リンゼは振り返る。しかしそこには、谷川に隔てられた切り立った崖《がけ》があるだけで、石造りの立派な橋など、影も形もなかった。

「あ、れ……？」

リンゼはぱちぱちと目を瞬《しばた》く。

「まぁ、渡れたわけだから」

同じことをすれば渡ることができると、少年魔道士《まどうし》は言ってくれた。それでいいことにしようと、ルミは頷《うなず》いた。

「…………」

ジェイにしても、こっち側に来られたのだから、それについて文句はない。狐《きつね》に摘《つ》まれたような気がしないでもなかったが、とにかく、ジェイたち三人は詮索《せんさく》しないことにして、村に向かった。


「よかったの？　連れてきちゃって」

歩き去るミゼルの使徒《しと》を木の後ろに隠れて見送って、少年魔道士は少女の声に応《こた》える。

「うん。いいんじゃないかな。ねぇライラ、君も聞いていたように、世の中に本当の偶然なんて、そんなにたくさんはないらしいからね」

　橋を渡ってきたジェイたち三人が立っている場所の横手には、地名を記した石のブロックがあった。しかしそれは、彫ってある文字も潰《つぶ》れ、半壊していてまともに読むことはできない。しかも、古代文字だ。

「……シャン……デール、かな」

　首を傾《かし》げたリンゼは、眺めすかして、なんとかそれだけ読み取った。伝説か何かある場所なら、お伽話《とぎばなし》ででも聞いたことがあるかもしれないと思ったのだが、どうやらそっちの望みもなさそうだ。

「行くよ、リンゼ」

「あ、はい！」

　ルミに声をかけられて、リンゼはおいてきぼりになりかけていたことに気づき、慌てて二人の後を追う。

　そこが道として使われなくなって久しいことは、原生林と呼んだほうがいいだろう鬱蒼《うっそう》と生い茂る木々の様子から知れた。先に立ったジェイが、丈夫で大きなショルダーボストンで、行く手を塞《ふさ》ぐ枝を押《お》し退《の》けて前に進み、ルミとリンゼはそうして開かれた場所をキープしながら、そこを通り抜ける。唯一、頼りになるのは、雑草に覆いつくされていて見えなくなっているが、足元の石畳だ。石畳は必ず、あの神殿や塔《とう》らしきもののあった広場に繋《つな》がっているだろう。石畳を辿《たど》って三人が前進し、そうしていくらか進んだところで、いきなり森が途切れ、開けた場所に出た。

「……は……」

むせ返るような草いきれから解放されて、軽く息を切らしたリンゼは額に浮いた汗を手の甲で拭《ぬぐ》い、顔をあげる。ジェイとルミも、涼しい風に衣服の裾《すそ》を揺らしながら、目の前にあるものを見る。

開けた場所にあったのは、高い塔と神殿らしきもののある広場を囲む森の外の、田舎風《いなかふう》の小さな集落だ。果樹園や畑で働いている人の姿が見えた。地図に地名がなく、橋も架かっていないということで、いったいどんな場所なのだろうと思っていたリンゼは、どこでも見かけるような長閑《のどか》な農村風景に、ほっとする。しかし村の者たちは、突然に現れたミゼルの使徒《しと》に気づくと、驚愕《きょうがく》して作業を放《ほう》り出《だ》し、蜘蛛《くも》の子《こ》を散らすようにそこからいなくなった。

「あ、れ……？」

ぱちぱちと目を瞬《しばたた》くリンゼに、ルミはくすっと笑う。

「少し待ってみよう」

予告もない突然の侵入者である。驚かれてもなんの不思議もない。

そうしてそのままそこで、何もしないで待っていると、おずおずと村人たちが出てきて、皆等しく警戒の目で三人を見た。ミゼルの使徒《しと》は神の使いであって、害を及ぼすような悪い存在ではない。集まってきた村人たちに、遠くから刺すような視線を送られ、リンゼは戸惑う。

「ジェイ……」

「うるさい」

不機嫌な声でひと言返されて、普段どおりのジェイの態度に、かえってリンゼは安心した。ルミは小さく溜《た》め息《いき》をつく。

「招かれざる客といったところかな」

何が起ころうと、世間の誰にも知られることはない。

ここは、地図にない村――。

第三章　疑念

「我はミゼルの使徒《しと》にして、知の神ミゼルの神聖なる使いなり」

探りを入れる村人たちの剣呑《けんのん》な視線をものともせず、前に進み出たジェイは、響きのいい低い声で言った。

「この村に医者と教師はいるのか？」

尋ねられて、村人たちは口を閉ざし、尻《しり》ごみするように少し後ろに下がる。該当者がいたならば、ちらりと横目ででも、そちらを窺《うかが》う者がいただろう。しかし様子から判断するに、二百名程度の村人のなかに、それらしい人物はいないようだ。

「健康診断を行う。具合の悪いところのある者は、遠慮なく言ってくれ。そしてもうひとつ、簡単な学力考査を受けてもらいたい。どちらもたいした手間はとらせないつもりだ。

――ここに、魔道士《まどうし》の塔《とう》か教会はあるか？」

まっすぐに背を立てた澄んだ深緑《ふかみどり》の瞳《ひとみ》の青年は、確かに神の使いの名に相応《ふさわ》しく、毅《き》然《ぜん》としていた。いっしょに来た、長い金色の髪の美女はとても気品があり、そして茶色い髪の少年は、人がよさそうな優しい感じがする。魔道士《まどうし》の塔《とう》に行きたいのは、身分証明のためだ。公然とそれを行えるのは、彼らが本物のミゼルの使徒《しと》であるからだ。服装を手に入れてなりすますことはできても、身分証明の手続きは行えない。三人は神の使徒の名に相応《ふさわ》しく、性根の卑《いや》しい騙《かた》りの輩《やから》には、とても見えなかった。

「――ここには魔道士の塔も教会もありません……」

ほんの少し前に身を乗り出して、おずおずと一人の初老の男が口を開いた。この村の者たちをまとめている、責任者だろう。

「ご覧のとおり小さな村で、お泊まりいただける場所はありませんが、空いている家が一軒ありますので、そちらを自由に……」

「ディケンズさん……！」

若い女が、非難するような調子で、ジェイたちに話しかけた男に呼びかけた。ディケンズはゆっくりと振り返り、名を呼んだ女を見る。一人だけ離れたところにいた女は、妊娠しているらしく、ゆったりとした服を着ていた。腹部はいくらか目立つが、見るからに重たいという印象はまだなく、臨月まではまだ何か月かありそうだ。

「モーリスのことは、戻ってきてから考えればいい」

いない者のことを問題にしても仕方ないと、ディケンズはあっさりと言って退けた。

ディケンズの意見に反対する者は誰もおらず、皆は女から静かに目を逸《そ》らした。皆の態度に、女は不満を露《あらわ》にして唇《くちびる》を噛《か》み、背を向けて歩き去った。

（いいのかな……）

立ち去る女を、リンゼは心配そうに見つめる。お腹《なか》に赤ちゃんがいる大切なときだ。あんなふうに怒るのは、あまりよくないことのように思える。夫や身内の者が、あの女を追いかけ、いっしょに帰ってもよさそうなものなのに、誰一人として動かなかった。

「ウィル、モーリスの家に案内してくれ」

ディケンズは息子らしい青年を呼んで、ジェイたちのことを任せた。

「ウィルが戻ってきましたら、順番に伺います」

会釈《えしゃく》し、ディケンズはジェイたちに背を向けた。村人たちは私語を交わすこともなく、ディケンズについて、潮《しお》が退《ひ》くように歩き去った。取り残されるジェイたちに、ウィルが声をかける。

「こっちだ」

そのまま振り返ることもせず歩きだすウィルに、ジェイたち三人は黙ってついていく。

ジェイが左手の肌に感じている、ぴりぴりとしたものは、相変わらずだった。左手に嵌《は》めている黒い革の手袋に仕こんで隠してある、水晶竜《すいしょうりゅう》の爪《つめ》に何かが影響を与えているらしいことはわかるのだが、それ以上のことはジェイにはわからない。たとえば、黒魔道《くろまどう》に関与した何かがあると、水晶竜の爪はそれに反応して、透き通る銀の刃《やいば》の中央に、金色に輝く線のようなものを現す。黒魔道《くろまどう》が関与しているのかどうか、原因を解明するために、水晶竜《すいしょうりゅう》の爪《つめ》を出して目で確かめるという方法もあったのだが、ジェイは水晶竜の爪を出さなかった。出すべきではない、そんな気がしていた。

霊感が強いとかそういうものはなかったが、領主の息子としての責任感からか、ルミは機を見るに敏な質《たち》で、人より少しばかり勘がよかった。ルミのなかでは、何かが警鐘を鳴らしている。ここからは、一刻も早く立ち去ったほうがいい――。

そしてリンゼは、得体の知れない違和感に襲われていた。

（なんだろう……）

リンゼは眉《まゆ》を顰《ひそ》める。気候はうららかで天気もよく、周りにあるのは、どこにでもあるごく普通の田舎《いなか》の農村風景だったが、騙《だま》されているような、居心地の悪い違和感があった。元気な家畜たちの声が聞こえている。植物の生育状態はよく、いろいろな色の花が咲き、蜜蜂《みつばち》や蝶《ちょう》が飛んでいて、あちこちで実が結ばれている。これは明らかに現実だ。しかしリンゼの内にはそれを否定しているものがある。とても楽しくて気持ちいいことばかりのはずなのに、なぜかそれがとても不愉快で……。

「――リンゼ」

ルミに声をかけられ、よそ見をしていたリンゼは、はっと我に返る。いつの間にか、一軒の家に到着していた。案内された家は、村の東側にあった。

扉を開けたウィルは、なかに入り、板戸の窓を開けていく。すべて兼用の一部屋だけの小さな家は、しばらく人が出入りしていなかったらしく、埃《ほこり》っぽい臭《にお》いがした。四角くて白い家は、泥を練った土壁で作られたものだった。白いのは、強度を持たせるために土に混ぜこんだ、植物の繊維の色が現れているからだ。

「適当に使ってくれ」

家のなかを見回して、最低限、生活するのに必要な物はあるだろうと確認し、ウィルは言った。ジェイたちは適当な場所に荷物を下ろす。一つずつしかない家具はすべて、釘《くぎ》を使わずに組まれた、田舎風《いなかふう》のものだ。椅子《いす》の座面はどれも木のままで、クッションを置いて使っているらしい。

「ここ……、モーリスさんって方の家なんですよね？」

間というのは、重なることが多い。何も知らずに戻ってきたモーリスと鉢合わせするのは、とても気まずい。不安な顔をするリンゼに、ウィルは言った。

「もしもモーリスが戻ってきても、ここには帰らない」

「どういうことですか？」

きょとんとするリンゼに、ウィルは答える。

「モーリスはタニヤといっしょになった。タニヤの家に行くだろう」

タニヤというのは、さっきディケンズに意見しようとした、お腹《なか》の少し大きい女だ。しかし、この家の家財道具の様子は、結婚したというわりには、なんだか主《あるじ》がちょっと留守にしただけといったように見える。仕事のための作業場に使っていたという感じの場所ではない。怪訝《けげん》な顔をするジェイたちに、口の端を歪《ゆが》めてウィルは言った。

「五か月まえ、結婚式をした日の夜に、モーリスはいなくなったんだ。タニヤの腹のなかにいる子どもは、モーリスの子なんかじゃない。悪魔の子だ。なぁ、あんたたちのうちの誰かは、本当は神官なんだろう？」

ウィルの表情は笑みを模《かたど》っていたが、しかしその目は笑っていなかった。

「皆、七年も待ってたんだ……！　俺たちがここにいることを、やっと領主様が気づいてくれて、あんたたちを送ってくれたんだよな？」

（七年……）

不用意に撫《な》でれば棘《とげ》の刺さりそうな、肘置《ひじお》きのない簡素な長椅子《ながいす》に、優雅に腰を下ろしたルミは、その年月を聞き、形のいい眉《まゆ》を微《かす》かに震わせる。ルミの座った長椅子の近くに立ち、壁に凭《もた》れたジェイは、隠しに入れていた銀の煙草《たばこ》入《い》れを取り出し、煙草を一本くわえて、火導鈴《かどうりん》で火をつけた。

「俺たちはミゼルの使徒《しと》だ」

それ以外の何者でもない。響きのいい低い声で、あっさりと言われた言葉に、ウィルは怒鳴る。

「じゃああんたたちは、いったいどうやってこの村に来たんだよ⁉ 七年まえ、俺たちが渡ってすぐに、橋は崩れて落ちてしまった！ 橋を架けることなくここにやってくるには、魔道士《まどうし》に連れてきてもらうとか、空を飛ぶしかないだろう⁉」

不思議の術を駆使する魔道士は、魔道士の塔《とう》のほかでは領主に仕えて、その力を貸している。そして空を飛ぶには、飛竜《ひりゅう》を使うしかない。飛竜を使うことができるのは、騎士だけだ。口を開こうとしたリンゼを、ルミが遮った。興奮しているウィルを深緑《ふかみどり》の瞳《ひとみ》で見つめ、静かに煙草《たばこ》を吸ったジェイは、煙をゆっくりと吐き出してから言った。

「ミゼルの使徒《しと》はミゼルの神より透明の翼を与えられている。ミゼルの使徒に関はない」

だから、入れない場所などないのだ。涼しい顔できっぱりと断言したジェイに、かっとして怒鳴ろうとしたウィルは、息を吸いこんだ途端、激しく咳《せ》きこんだ。

「――大丈夫ですか？」

身体《からだ》を折り、あまりに咳きこむウィルを、リンゼは心配する。口もとを手で押さえながら、顔をあげたウィルは近づこうとするリンゼを睨《にら》みつけ、そしてジェイに言った。

「俺の前で煙草を吸うな！」

捨《す》て台詞《ぜりふ》のように言い、ウィルは怒ったまま、家を出ていった。煙草の葉がなければ、煙草は作れない。この村には煙草は存在しない。煙草を吸わない人間は、声を大にして嫌煙権を主張するものである。乱暴に閉められた扉に、リンゼは思わず肩を竦《すく》める。

というのでは、確かにこれは不愉快極まりないことだろう。

「……よかったんですか？」

本当のことを言わなくてと、リンゼはジェイを見る。

「嘘《うそ》を言ったわけじゃない」

ジェイは何食わぬ顔で、そう言ってのけた。思いこみが大きく影響しているらしく、ウィルの言葉はどこかちぐはぐで、筋が通っていなかった。何が本当なのか、正直なところよくわからない。正確に答えなかっただけで、ジェイは嘘をついたわけではない。馬鹿正直なところのあるリンゼは、まともに答えてしまっただろうが、ジェイもルミもなんとなく、あの少年魔道士《まどうし》とともにここに来たことは、口外しないほうがいいように思えたのだ。あの少年魔道士は、何か用事があって橋を渡ってここに来た。魔道士が近くにいることを知ると、村人たちは彼を捜すだろう。単独で行動ができるほどの高級魔道士なのだから、魔道を用いれば簡単に、ややこしいことを回避してしまえるのだろうが、ジェイたちのせいで少年魔道士の活動の妨げになるようなことがあってはならない。彼の言うことに従うならば、橋は『ある』のだ。渡らなかった者は、おそらく渡らない者、渡ることのできない者。ジェイたちが振り返ったときには、橋は影も形もなかった。きっと村人にも、橋は見えない。しかしジェイたちは、見えなくても、橋を渡ることができるだろう。渡れない者に、自分たちだけが渡れる橋の話をしても仕方がない。

「それはそうですけど……」

小さな食卓の椅子《いす》に腰を下ろしたリンゼは、鞄《かばん》のボトルホルダーから瓶《びん》を取り、ルルナ水で喉《のど》を潤してひと息つく。小さい頃から日常的に口にしていた物、子どもが好んで飲む微炭酸の甘いルルナ水は、いつでもリンゼに少しばかりの元気を与えてくれる、大切な飲み物だ。

危惧《きぐ》していたような怪我人《けがにん》の発見などなく、汲《く》んできた水は無駄になってしまったが、外に汲みにいく手間が省けただけ、よしとするべきか。

「ジェイ、水の瓶を一本もらうよ」

壁に凭《もた》れて煙草《たばこ》を吸って一服しているジェイに声をかけて、ルミはジェイのショルダーボストンから水の入っている青い瓶を取り出した。飲み水を入れられる色つきの瓶は、今のところこれ一本だ。少年魔道士《まどうし》と出会うまえ、道なき道を進みながら、水や食料を集めていたときに、ルミは手を滑らせて、自分の持っていた色つき瓶を割ってしまっていた。

「これは、わたし専用だから。使っては駄目だからね」

そう言って、ルミは薬品鞄から取り出した黄色い粉薬を、その瓶に入れ、よく振って水に溶かした。黄色い粉薬は、ルミの故郷で育った植物から採取した汁を煮詰めて濃縮し、粉末にしたものだ。ルミは毒の谷と呼ばれる場所で生まれ育ったため、毒物に強いという特殊な体質をしている。しかし、故郷を出て空気や水のすべてに毒物を含む場所を離れ、ミゼルの使徒《しと》として回国《かいこく》の活動をしている状態では、そのような毒物に身を晒《さら》すことはない。生家のある毒の谷に、いつでも不都合なく帰れるようにするために、ルミは故意に毒物を摂取し、毒に身体《からだ》を慣らしておかなければならないのだ。領地での唯一の交易品である宝石を持って、領地の外に出かける者たちも、同じ粉薬を携帯し、水に溶かして一日数回、毒を摂取している。猛毒が溶けているこの水は、ルミは絶対に杯を使わず、直接瓶《びん》に口をつけるようにして飲む。洗浄しただけでは、完全に毒が消えたとは限らない。わずかにでも杯に残っていた物が自分以外の誰かの口に入れば大変なことになるので、ルミは杯を使わないのだ。瓶から水を飲み終わったら、ルミは毒消しで口と手をすすぐ。瓶の口を開けたまま、放置することも絶対にしない。ルミには普通に飲める水でも、ほかの者にとっては劇薬だ。万一、間違いが起こってしまったときのために、毒消しもきちんと用意しているが、それがいつでも間に合うとは限らない。リンゼは自家製のルルナ水、ジェイは葡萄酒《ぶどうしゅ》、ルミは故郷の毒の水と、三人はそれぞれ、自分だけの瓶を持っている。

木の板を打ち鳴らす音がした。正午の合図だ。農園に出ていた者たちは家に戻り、食事をとる。

「わたしたちも昼食にしよう」

ルミは町を出てきたときに作ってもらったサンドイッチのお弁当を取り出す。待っていても、食事が終わるまでは誰も来ないだろう。座る場所を確保するため、リンゼは食卓の椅子《いす》をルミの掛けている長椅子の近くに運び、長椅子の近くにあった小さな卓にのりきらなかった分は膝《ひざ》の上に置いて、三人は昼食にした。ルミの隣に座ったジェイは、パンや野菜を食べないため、挟まずに最初から別にしてもらった、具のハムと葡萄酒《ぶどうしゅ》を口にする。

食事をとりながら、リンゼは少し考える。

「皆さんに、来てもらうのでいいんですか？」

こういう小さな村に立ち寄った場合、ジェイは各戸を訪問して、健康診断を行うのがいつものやり方だ。家族全員を順番に診察していくことに加えて、家の衛生状態や、家畜などの発育もみて、助言を与える。

「村の人のほうから来るってことになったんだから、それでいいんじゃないかい？」

くすっとルミは笑った。村長のディケンズによってなされた決定事項に、異論を唱えなければならない理由はない。それにわざわざ訪問しても、あまり歓迎されないような雰囲気だ。速やかに活動を終えて暇《いとま》を告げたいルミとしては、この状態のほうがかえって都合がいい。

「そういえば、あの小さい飛竜《ひりゅう》、来ませんでしたね」

余っているハムを見て、リンゼは小さな飛竜《ひりゅう》のことを思い出す。愛想《あいそ》も素っ気もないが面倒見のいいジェイは、あの小さな飛竜によくつきあってやっていた。気になっているのではないかと、リンゼはジェイの様子を窺《うかが》ったが、しかしジェイは平然としたまま昼食をとった。

「勝手にするだろう」

行方知れずになって、ひょっとしたら怪我《けが》をして動けなくなっているかもしれないという状況ではなかった。あの小さな飛竜は、そうしたくて来なかったのだ。くっつかれていただけで、飼っているつもりもなかったジェイは、誘いかけて連れていく気など微塵《みじん》もなかった。最初からいなかったのだ。何か役に立っていたというわけでもない。いなくなろうと、不都合など何もないのだ。

「――七年、か」

食事を終え、ルミは腕組みし、ふむと首を傾《かし》げる。七年まえといえば、世界崩壊の危機に見舞われ、世界じゅうが混乱していた時期だ。この村にいる者たちは、七年まえにここにやってきたらしい。外界とこの村を繋《つな》ぐ唯一の手段だった橋を失ってしまい、彼らはここで孤立した状態で、七年間を過ごしていた。この村のことが地図に記載されていないのも道理で、どうやらこの地方の領主は、ここに村があることはおろか、神殿のような古い建築物があることすら認識していないようだ。そうでなければ、世界崩壊の危機が去り、落ち着いた後で、歴史的遺産とも呼べるものがどうなったのか、確認しないはずがない。初めてジェイたち三人を見たときの村人たちの様子は、警戒というよりも、驚愕《きょうがく》だったのかもしれない。

「七年間も、気づかれないものなんですか？」

どうにも解《げ》せないと、唇《くちびる》を尖《とが》らせるリンゼに、ルミは笑う。

「そうだったんだから、仕方ないじゃないか」

「…………」

煙草《たばこ》をくわえたジェイは、窓の外に目をやる。窓の外には、細長い塔《とう》が見えた。あの塔は村の中心に建っている。ルミとリンゼも、ジェイの視線を追って塔を見た。

「──この家、そんなに古くないですよね」

何十年も経《た》った物ではない。七年まえに人が移ってきたときに、造られたものだろう。しかし、遠目で見ても、あの塔は違う。何百年というのではなく、何千年という単位の昔に建てられたものだ。世界最古の形を今も保持する建築物の一つ、遥《はる》かな昔から外観を変えない魔道士《まどうし》の塔と、同じ雰囲気がある。あんな塔が建てられているのならば、ここは何か、意味のある場所だったはずだ。どうして地図から名前が消え、人々の記憶からも消えてしまったのだろうか──。

「すごくいい場所だけど……、いい場所にはないな」

ルミが言ったのは、ここの状態と、在《あ》り処《か》。植物はよく成長していて、実り豊かではあるが、しかしここは白い街道から遠く外れ、人の目の容易に届かない、谷の底と言っていいようなところにある。

ウィルが出ていき、ジェイたちが食事を終えてから少しして、また木の板が打ち鳴らされる音がし、その後に最初の村人がやってきた。

「――タニヤさん、ですよね」

訪れたのは、あのお腹《なか》の大きい女だった。扉を開いたリンゼは、にっこりと微笑《ほほえ》む。

(赤ちゃんがいるからかぁ)

気を遣って、一番に健康診断が受けられるようにとの計らいなのだなと、頬《ほお》を緩めるリンゼを、タニヤはきつい目で睨《にら》んだ。

「神官でなくてもかまわないわ！　わたしのお腹のなかの子が、悪魔の子どもかどうか、さっさと調べてちょうだい！」

扉を開いていきなりの喧嘩腰《けんかごし》の態度に、リンゼはびっくりする。

「え？　な、なんですか、それ……!?」

ウィルの言葉を、ジェイとルミは思い出す。外界から隔絶された閉鎖空間にいることからの不安から、そういう根も葉もない噂《うわさ》が実《まこと》しやかに囁《ささや》かれているのかと思ったが、どうやら事態はもっと深刻なようだ。

「まず先に、学力考査を受けてくれないかな。そのあいだに、診察室を準備するから」

にっこりと微笑《ほほえ》んだルミは、長椅子《ながいす》に座ってくれるようにと、入り口に立ったままのタニヤを促した。麗《うるわ》しい容姿から、ルミを女性だと思いこんでいたタニヤは、目の前に立ったルミの背の高さと、女性より低い声にびっくりする。

「あなた……」

「リンゼ、試験の準備をして、問題を」

「は、はい……！」

リンゼは急いで石盤と蠟石《ろうせき》、そして童話と哲学書の本を鞄《かばん》から取り出す。ルミは優雅な仕種《しぐさ》でタニヤに手を差し出し、エスコートして長椅子に掛けさせる。横に立っていたジェイが、背の高い男だったせいで、いくらか小さく見えてしまったが、ルミも身長は決して低くはない。女性のように綺麗《きれい》な顔で、細身で、裾《すそ》を長く引く古風な衣服や宝石を身につけていたので、そう信じこんでしまったことをタニヤは理解した。先入観という目の曇りを退《の》けてよく見れば、ルミは動作に女性らしいところはなく、きちんと男性らしい態度をとっている。見目麗しいルミに、上流階級の貴婦人にするような扱いをされて、喧嘩腰《けんかごし》で訪れたタニヤも、さすがに気を呑《の》まれた。無言になってしまったタニヤの横にリンゼは座り、本を広げる。

「じゃあ、ここからここまで、声を出して読んでください」

本が読めるのなら、綴《つづ》り方《かた》ができるかどうかがわかる。タニヤに本を朗読してもらっているあいだに、リンゼは石盤に算数の問題をいくつか書く。ルミとジェイは、この家を仕切って診察室にするため、支度《したく》する。

朗読を終えたタニヤは、石盤に書かれた問題を解く。

「……ここから先はわからないわ」

タニヤが解けたのは、和差積商のごく簡単な初級問題だけで、複雑な数式になるとまったくわからないようだった。朗読も、童話は読めたが、哲学書はほとんど読めなかった。

「はい。ありがとうございます」

石盤を返してもらったリンゼは、計算があっているかどうかを確認する。どのくらい勉強していたかは、書かれた文字を見ればわかる。タニヤの書いた、自分の名前と数字は、あまり勉強してこなかった者のそれだった。学力を低くみせるために、わざと間違うことはできるが、書き慣れた字かどうかまではごまかせない。

(僕より……二つぐらい年上かなぁ)

リンゼはタニヤを見て思う。七年まえにここに来たとすれば、そのときは十二歳ぐらいだろう。裕福な商家に育ったリンゼは、その歳《とし》でもしっかり勉強することができたが、子どもも一家の働き手として数えられるような家の子どもは、本人がよほど強く望み、それを家族が許さなければ、毎日学校に通うこともできない。その村の一人のことがわかれば、あとはだいたい推測できるのだけれど。

「どうもありがとうございました」

学力考査は、識字率と計算能力を調査するためのものだ。これによって、学習能力だけでなく、生活にどれぐらいの余裕があるのかを知ることができる。子どもが労働力として必要とされているところでは、学校に通ったり勉強したりする時間がとれずに、学習能力も低い。出来がどうであろうと、これで何か文句をつけて、どうこうしろと指図するつもりはないと、リンゼはタニヤに言った。タニヤはリンゼの言葉に、ほっとして気を楽にする。タニヤに聞いたところによると、十四歳の女の子が、この村では一番若い人間らしい。一般的に、学校に通って初級教育を受けるのは十三歳までとされているので、初級教員のリンゼは、この村で教鞭《きょうべん》をとらなくてもいいことになる。望まれればもちろん授業を行うが、リンゼがここでミゼルの使徒《しと》としてするべきことは、学力考査だけである。予備のシーツを探し出したジェイとルミは、部屋干しの洗濯物や洋服をかけるのに使っていただろう壁のフックを利用して紐《ひも》を渡し、診察室らしく部屋を区切る。診察しやすいように家具の配置を変えて、シーツの幕の向こうではがたがたと騒がしくしている。ジェイたちを手伝うには、どうしたいのかを尋ねて、理解しなければならない。リンゼが説明を受けているうちに、支度《したく》ができてしまう可能性が高い。知りたいことはたくさんあったし、少しばかり時間があるようなので、リンゼはタニヤと少し話をすることにする。

「あっちに塔《とう》みたいなものと、神殿みたいなものがありますけど、あれってなんですか？」

「……よくわからないわ。塔には、てっぺんに鐘《かね》があるみたいだけれど、鳴らす紐《ひも》は切れてしまっているし、なかの階段は上り口が崩れていて、上まで上ることはできないのよ。神殿っぽいものも、何か書いてあった石板があるけれど、割れているし、あちこち欠けてしまって、字なんて読めなくなってるのよ」

「ふーん……」

そのような状態では、村の誰に尋ねてもわからないだろうし、リンゼが見にいっても何もわからないだろう。

「ウィルさんのお話だと、七年まえにこちらにいらしたそうですけど、皆さん、同じ場所から移っていらしたのですか？」

「……そうよ」

そしてタニヤは、ここからいくらか離れた場所にある村の名前を言った。

「七年まえ……、わたしたちの村は、魔物に襲われたわ――」

それは夜の闇《やみ》に紛れて訪れる怪奇。一夜明けると、幾つかの村の家から、住人が全員忽《こつ》然《ぜん》と消《き》え失《う》せている。偶然その場を目にした者がいて、それが骨のかけら一片、血のひと雫《しずく》まで残さず魔物に喰《く》われてしまったとわかったとき、村長は村から逃げだすことを提案した。魔物はどこに潜んでいるかわからない。人々は幾つかの班に分かれ、村を去った。タニヤたちが谷底にあるここに辿《たど》り着《つ》いたのは、偶然だった。

「ねぇ……どうなったの？　世界は、予言書にあったとおり、救われたんでしょう？」

頻発《ひんぱつ》していた地震はなくなった。風の匂《にお》いも、生臭くなくなった。世界に平穏が訪れたことを肌では感じるのだが、隔絶され、情報がまったく入ってこない場所では、それはわからない。リンゼは不安に揺れるタニヤの瞳《ひとみ》を見つめて微笑《ほほえ》みかけた。

「はい。英雄たちと天界の聖女が世界を救いました。まだ完全に元どおりってわけじゃありませんけど、みんな、頑張ってます」

「そうなんだ……」

タニヤは複雑な顔で笑った。安心と、隔絶された場所から動けない、蚊帳《かや》の外である身の寂しさだろうか。

「モーリスさんは、何処《どこ》に行かれたんですか？」

立ち入ったことに踏みこむことになるとわかっていながらも、好奇心が勝ってリンゼは尋ねた。タニヤは一瞬身を強張《こわば》らせたが、子犬のように無垢《むく》な、リンゼの邪気のない茶色の瞳の輝きに負けたように、一つ息を吐いてから口を開いた。

「……わからないの。結婚式の日の夜、二人でわたしの家に帰って……。その日の夜のうちに、いなくなってた――」

翌日は、家畜のお産があったので、たまたま近所の家の者が、夜明けの少しまえから起きだしていたのだが、夜が明けてからモーリスの姿を見た者は、誰もいなかった。村から逃げてきたときの、魔物のことを誰もが思い出したが、しかし同じ寝台で休んでいたタニヤはまったく無傷で残されていた。家人がすべて魔物に喰《く》われて、消《き》え失《う》せてしまったように見えた、あのときとは違っている。結婚してモーリスがタニヤの家に行ったのは、タニヤの家のほうがこのモーリスの家よりも広かったからだ。三年まえ、父親が亡《な》くなるまでタニヤは父親と二人で暮らしていた。最初から独り暮らしをしていたモーリスよりも、いくらか大きな家に住んでいたため、新居にするのにちょうどよかったのだ。必要な物はタニヤの家にほとんどあったので、モーリスはこの家に大半の家財道具を残していた。村人は総出で村のあるこの場所の、行ける限りの場所を捜したが、しかしモーリスの姿はどこにもなかった。神隠しにあったのか、それとも谷川に身を投げたのか。誰が考えても、後者のほうが無理がない。

膝《ひざ》の上に両肘《りょうひじ》をついたタニヤは、俯《うつむ》いて手で顔を覆い、声を震わせて言った。

「モーリスは帰ってくるわ。お腹《なか》のなかの子どもは、モーリスの子どもよ……！」

モーリスとタニヤは、ともに生きていこうと誓ったのだ。新婚初夜に授けられた新しい命は、きっと本来なら、誰からも祝福されて当然の命だった。しかしモーリスは煙のように忽然《こつぜん》と姿を消し、花嫁だけが一人残された。置き去りになった可哀相《かわいそう》なタニヤに与えられたのは、心ない誹謗中傷《ひぼうちゅうしょう》だった。モーリスのほかに守ってくれる身内が誰もいないタニヤは、一人でそれに耐え、大きくなってくるお腹《なか》を庇《かば》いながら働いた。

（悪魔の子どもなんて……！）

なんて酷《ひど》い言葉で苛《いじ》めるのだろうと、リンゼは哀《かな》しくなる。それではタニヤが悪魔と通じ、モーリスをどうにかしてしまったのだと言われているのと同じではないか。隔絶された村への不安が根底にあり、村人の気持ちが荒れていた結果だとしても、これは甘受できないことだ。神聖な水晶竜《すいしょうりゅう》の爪《つめ》を持っているジェイなら、きっとタニヤがそんな人間ではないと証明してくれるはずだ——。

縋《すが》るような瞳《ひとみ》をしたリンゼが振り返るよりわずかに早く、仕切りの幕を持ち上げたルミは、タニヤに向かってにっこりと微笑《ほほえ》んだ。

「お待たせ。健康診断を行うから、来てくれないか」

刺激の少ない場所では特に、密室という空間に対して、人は想像力を逞《たくま》しくさせる傾向がある。女性を診察する場合、変なことが行われていないと示すために、診察室の扉は閉めきらないのがジェイのやり方だが、シーツで仕切っただけの場所なら、このままいってもいいだろう。ルミに呼ばれたタニヤは静かに椅子《いす》から立ち上がり、診察室のほうに歩いていく。

に命じた。

「次の人が来たら、学力考査のほうをやっておくんだよ」

話しかけようとしたリンゼに皆まで言わせず、ルミはタニヤを招き入れながら、リンゼ
「ルミ……」

「——はい」

リンゼの受け持っていることは、健康診断に来た者の順番待ちにちょうどいい。

診察室に入ったタニヤは、咳《せ》きこんだ。咳《せき》をするタニヤに、リンゼははっとする。タニヤは妊婦だ。ジェイの煙草《たばこ》は薬草でできているため無害だが、害のあるなしにかかわらず、妊婦はちょっとしたことで調子を崩すことがある。

「ジェイ！　煙草吸っちゃ駄目ですよ！」

「うん、わかってる」

ルミが代わりに返事をし、くすくすと笑った。

タニヤが来てからずっと、窓の外に複数の人の気配がしていたが、ルミはそれに気づかないふりをした。どのようなことが行われるのか、気になってこっそりと様子を探りに来る者は、どこにでもいる。

ぴりぴりしているところがあったので、興奮させないようにいくらか気を遣い、ルミを助手にしてジェイはタニヤを診察したが、特に問題があるところはなかった。胎児の発育

も順調のようである。出産までに注意しなければならないことを教えて、ジェイはタニヤの健康診断を終えた。投薬の必要もなかったので、薬剤師であるルミの仕事はない。

次の村人は、タニヤが帰ってすぐに来た。煙草《たばこ》を吸って待っていたジェイは、また煙を嫌がられ、煙草を置くことになった。ジェイの煙草は、普通の煙草とは違い、火は手術用の刃物を焼くこともできるし、灰汁《あく》は消毒液として使うことができる特別なものだ。これは薬草でできているのだと、声を大にして言うこともできたが、いちいち説明するのも面倒だったので、ジェイはこれを話さなかった。タニヤの学力考査や健康診断の様子を探っていた者から情報が流れたらしく、村人は誰一人として無駄口を叩《たた》くことはなかった。訪問は途切れることなく順調に続き、百三十人ほどの健康診断が終わったところで、木の板を打ち鳴らす音が聞こえた。農作業を終える者たちと同じに、日が暮れかけたので、ジェイたちも今日の活動を終わりにすることにした。夜遅くまで続ければ、ジェイたちはこの村での活動を早く終わらせられるが、農作業を行っている村人にとっては、生活時間が乱されるのは、歓迎しがたいことだ。

「……日暮れが早いな」

火導鈴《かどうりん》で燭台《しょくだい》の蠟燭《ろうそく》と煙草に火をつけてそう言ったジェイに、部屋を仕切ったシーツを外しながら、ルミは微笑《ほほえ》む。

「谷底の村だからね。日暮れの早さは、わたしの故郷と同じだ」

ルミの生まれ育ったフォルティネン侯爵領《こうしゃくりょう》のある毒の谷も、このように四方を山に囲まれた土地だ。遠い故郷を懐《なつ》かしむように、ルミは窓の外に目をやる。傾いた太陽は、すでに山の向こうに姿を隠してしまい、谷は陰に満たされている。空の端にはまだ赤みがあるのが見えるが、ここには西日も届かない。明かりを灯《とも》したジェイは、禁煙から解放されて、ようやく人心地つき、窓の板戸を閉める。

「日の出はどこよりも遅く、日の入りはどこよりも早い。夏は蒸し暑く、冬は寒い。一日の気温の変化も大きい……。冬はほとんど陽《ひ》が射《さ》さなかったな……」

気象条件はよくなくて、暗く冷たく、瘦《や》せた土地。おまけに毒というものまであり、ルミの故郷は、本来人が住むような場所ではなかった。日照時間の短さも、ルミたち一族の肌の色が白い要因の一つだ。

狭いのと壁の色の白さのせいで、家のなかは案外明るかった。ジェイに火導鈴《かどうりん》を借りたリンゼが、暖房兼用の料理竈《りょうりがま》に火を入れ、部屋のなかはさらに明るくなる。日暮れとともに冷えてきていた部屋が、ゆっくりと暖まっていく。薪箱《まきばこ》にはモーリスが用意していた薪が、十分入っていた。

「誰も何も持ってきてくれませんでしたね」

火掻《ひか》き棒《ぼう》で火のついた薪を動かしながら、リンゼは小さく溜《た》め息《いき》をつく。どこに立ち寄ったときでも、そこの人たちはほんの少しずつ、食料などを持ってきてくれた。ミゼルの使徒《しと》は報酬を受け取らないが、霞《かすみ》を食べて生きているわけではない。歓迎してほしいわけではないけれど、ここまでかまわれないのも、珍しいことだ。

「ちょうどいいんじゃないかい？　途中で調達してきたことだし」

ルミは苦笑する。誰かを救うことになるかもしれないと、用意してきた水も食料も、すべて自分たちの物になってしまった。煙草《たばこ》をくわえたまま、ジェイは夕食のために、鳥を焼く支度《したく》をする。

「余裕がないんだろう」

領主さえ知らない村には、いっさいの支援はない。十分な収穫があり、今年どうにかなっても、来年どうなるのかはわからない。すべて自給自足でなんとかしなければならない村人たちには、蓄えも必要だ。ミゼルの使徒といっても、突然にやってきた余所者《よそもの》にほかならない。頼めばなんでも分けてくれるだろうが、ジェイたちはそれをしなくてもいいだけの物を持っていた。

「信用ないですね」

この村のことを領主に知ってもらいたいと望んでいることを、リンゼたちは知った。ミゼルの使徒は活動の報告義務があるのだから、ここをそのまま放置するはずはないのに。

谷底の村で、ジェイたちは今日一日の活動の疲れを癒《い》やすに足る長い夜を過ごした。

長い夜は、村人たちにたくさんのことを考える時間をもたらす。足元を照らす小さな明かりを提げ、村人は遅くまで家々を行き来していたが、夜風と闇《やみ》が入りこまないように窓の板戸を閉めていたジェイたちがそれを知ることはなかった。

第四章　冤罪《えんざい》

日暮れが早かったために、睡眠時間はたっぷりとることができた。覚醒《かくせい》しはじめたリンゼの鼻孔を最初にくすぐったのは、肉桂《にっけい》の香りだ。ルミが毎朝、寝起きの悪いジェイの目覚めを促す、特別な煙草《たばこ》の香り。目を開けなくても、この香りがすれば、朝が来たのだなとリンゼは思う。

「……ん……」

「伸びをすると落ちるよ」

くすくすとルミが笑う声を聞き、リンゼは自分が何処《どこ》で寝ているのかを思い出す。寝台をルミ、長椅子《ながいす》をジェイが使ったために、リンゼは食卓の椅子と衣装入れの行李《こうり》を二つくっつけた物の上に寝たのだ。窓の板戸は開けられていたが、朝日はまだ入ってこない。

(あれ……?)

しっかり眠った充実感のあるリンゼは、夜明けはまだらしいと、ゆっくりと目を瞬《しばたた》く。

「谷間《たにあい》にある村だからね、なかなか明るくならないよ。もう少ししたら起床時間だ。今日は朝から活動を始めて、昼過ぎに全部終わらせて、ここを出るようにしよう」

低血圧のジェイは、午前中は調子が出ない。診療活動は本調子になる昼まえから始めるのが、ジェイにとっては楽なのだが、そうするともう一晩ここに泊まって、明日の朝出発することになる。しかしルミはここに長居すべきではないと感じていた。今日じゅうにここを出るには、きちんと朝から活動を始めなければならない。そのためにルミはこの村の起床時間より早く、ジェイの覚醒《かくせい》を促している。横になっているジェイの手には、ルミから渡された煙草《たばこ》があり、細く紫煙があがっていた。ジェイは目を閉じたまま、ゆっくりと煙草を吸う。そうしてしっかり煙草を吸ったジェイは、小卓の上に置いていた携帯灰皿に煙草を置いた。

「……ルミ……」

響きのいい低い声で名を呼ばれて、寝台を出たルミはジェイのいる長椅子《ながいす》に近寄る。

「おはよう、ジェイ」

耳元に唇《くちびる》を近づけて囁《ささや》いたルミの声でジェイは目を開け、黒い革の手袋を嵌《は》めた左腕を伸ばしてルミの首を捕らえ、自分のほうに引き寄せる。目を閉じて、ルミと頰《ほお》を触れ合わせ、ルミの華奢《きゃしゃ》な白い首から鎖骨のあたりを右手でゆっくりと撫《な》でる。艶《つや》めいていて何やら思わせぶりだが、これは毎朝行われている、ただの検温光景だ。頰で熱を比べて、発熱していないかを確かめ、動脈に触れて脈拍が速すぎないか調べる。まだ半分寝ていて気怠《けだる》

い感じのジェイと、貴族であるためにどの仕種《しぐさ》も上品で優雅なルミという組み合わせであるために、なんとも色っぽく見えてしまうだけである。医師免許をとるために勉強している頃から、ジェイはルミに関《かか》わっていて、顔見知りたちはジェイがルミの主治医になることを知っていた。大学で同期だった看護婦が、ジェイとルミがミゼルの使徒《しと》となり回国《かいこく》の活動を始めるという話を聞き、こうすればいいと寝起きの悪いジェイに提案してくれたらしい。十七、八歳の、まだ少年の域を完全に脱しきっていない年齢のジェイとルミならば、今とはまた少し違った趣があったはずだ。

(その看護婦さん、絶対に遊んでたよ)

話を聞いたとき、リンゼは迷わずそう思った。ジェイとルミは二人とも見た目がいいので、じっくり観賞したくなる存在だ。二人がいっしょにいると、本当に絵になる。煩悩《ぼんのう》を満載した乙女《おとめ》の心の琴線に、楽しく触れまくることだろう。容姿が美しいことをしっかりと自覚していて、自分が他人の目にどう映るか、計算しながら動いているルミは、このことをわかっているだろうが、無頓着《むとんちゃく》なジェイはまったく気づいていないはずだ。怒らせると怖いジェイ相手に、そういうことを指摘するのも、命知らずというものである。

異常がないことを確かめてもらったルミは、着替えて身支度《みじたく》を始める。リンゼも起きて着替えていると、木の板が打ち鳴らされて、起床時間を教えられた。村の一日が始まる。

「……変な感じですね。コンコンコン、って音がするの」

小さく溜《た》め息《いき》をつくリンゼに、ルミは笑う。

「鐘《かね》が鳴らせないんだから、仕方ないよ」

塔《とう》のてっぺんに、鐘が吊《つ》り下《さ》がっているのは見える。見えるが、鳴らすための紐《ひも》がないため、あの鐘はお飾りにしかならない。金属を加工するには、その材料と加工法を知っている技術者が必要になる。この村の者たちには残念ながら、金属加工品を作れる者はおらず、ここでは鉄鉱石などの鉱石を探すこともできなかった。それぞれの家にある鍋《なべ》や刃物は、まえの村から逃げてきたときに、荷物として持ってきた物だ。この村で新しく作った物は、木工品ばかりである。

「でも何かこの、清々《すがすが》しさがないですよね」

新鮮と言えなくもないが、慣れないのでどこか間の抜けた感じがして、気合いが入らない。聞こえてくる、木を叩《たた》くコンコンの音は、爽《さわ》やかとは言いがたい音でもあった。携帯灰皿に置いた煙草《たばこ》を取りながら、ジェイは億劫《おっくう》そうに言う。

「……鐘はすべて、浄化の力を授けられている……」

「浄化の力ですか？」

きょとんとするリンゼに、ルミは頷《うなず》いた。

「形ができたから、鐘になる、というのではないんだよ。職人によって作られた鐘は、神官の祝福を受けて、完成するんだ。だから、鐘の音には浄化の力がある。祝福し、癒《い》やし、清め、鎮《しず》め、魔を祓《はら》う。そうだよね、ジェイ」

「……あぁ……」

にっこりと微笑《ほほえ》んだルミに、天井を見上げてジェイは頷《うなず》いた。

(あれ?)

勉強はできてもものを知らないリンゼは、二人にこれまでにいろいろなことを教えてもらったが、ルミがこのように、ジェイに確認したことはあまり記憶にない。教えることができても、もとはどちらか一人の知識である事柄の場合、こういう喋《しゃべ》り方《かた》になると考えられる。

不思議そうな顔になったリンゼに、ルミは優しく微笑む。

「王都の医療宮でね、治療を受けていたときに、ジェイからそう聞いたんだ。王都や聖地の鐘《かね》の音は、心があらわれるように素晴らしい。ジェイは神官候補生だから、こういうことには詳しいよ」

「え?」

初耳の言葉に、リンゼは驚いて目を瞬《しばたた》く。優秀な医師で調理師で、しかも勇猛な剣客であることに加えて、まさか神官候補生だったとは……! もって生まれた聡明《そうめい》さと清廉《せいれん》さ、カリスマ性。神官候補生は神官に相応《ふさわ》しい素質や能力を認められて、選ばれた者だけがなることができる。憧《あこが》れを抱き、どんなに強く望んでも、本人の努力だけではなれないのだ。確かにジェイは器用で頭がよくて格好いいが、神官候補生に選ばれるほどだとは思ってもいなかった。

「……十二年もまえの話だ……」

ジェイの言った年月は、救世の英雄である銀斧《ぎんふ》の戦士が孤高の修羅王《しゅらおう》と呼ばれていた頃のこと。ジェイが神官候補生として勉強していたのは、故郷が失われるまえのことだ。

「襲来した賊の手から守るため、神官はジェイに水晶竜《すいしょうりゅう》の爪《つめ》を持たせ、涸《か》れ井戸《いど》の底に隠した。水晶竜の爪を託されるぐらいは、優秀だった。そうだろう？」

「……知らん……」

ルミの言葉に、素っ気ない口調でジェイは返事をした。推測を自慢げに吹聴《ふいちょう》するのは、自意識過剰というものだ。真実を知る者は、もはやこの世にいない。怠《だる》そうに身体《からだ》を起こしたジェイは、着替えるため、寝間着にしていたランニングシャツを脱ぐ。露《あらわ》になったジェイの身体には、右腹部に頭部を置く、赤黒い水竜の姿がある。胸から肩、そして背中まで這《は》うそれは、十二年まえにジェイが負った、凄惨《せいさん》な刀傷の傷痕《きずあと》だ。損壊した組織を補って、周囲の皮膚を引きつらせながら新しく盛り上がった肉芽《にくが》は、幻想的な獣の姿を模して、かつての残虐な行為を今もなおジェイの身体に記録している。生への執念で命を繋《つな》ぎ止《と》め、驚異的な回復力と懸命な訓練とで、すべての機能を取り戻しても、絶対に消えないジェイの過去がそこにある。醜悪なはずのそれはしかし——。

(綺麗《きれい》だよね……)

傷痕《きずあと》を直視するのは失礼だとわかっていながらも、リンゼはジェイを見て思う。伝わってくるのは、生々しい恐怖と、そして逞《たくま》しい命の輝き。偶然の産物なのだろうが、水竜《すいりゅう》を模した傷痕は、死の淵《ふち》を這《は》い上《あ》がり、見事に復活を果たしたジェイに与えられた、守護獣のようにも見えてしまう。

火の海となって滅びた町。しかし唯一の生き残りであるジェイは、酷《ひど》い刀傷を負っていても、火傷《やけど》をしてはいなかった。語られたジェイの過去に、小さな引っ掛かりを感じていたリンゼは、これですべての謎《なぞ》が解けた気がした。一人だけ遠ざけられていたから、ジェイは炎に焼かれずにすんだのだ。

長椅子《ながいす》から片足を下ろしたジェイにシャツを渡したルミは、眠るときに緩く編んでいた髪を解《ほど》き、リンゼに微笑《ほほえ》む。

「回国《かいこく》の活動に出てすぐの、雉子亭《きぎすてい》を出発した日の朝、ジェイはランスから新しい火導鈴《かどうりん》をもらっただろう。使いはじめるまえに、ジェイはあの火導鈴を祝福してたんだけど、覚えてないかい?」

リンゼはルミに言われて、せっかく新しい火つきのいい火導鈴をもらったのに、ジェイがなかなか使いはじめなかったことを思い出す。回国の活動のために立ち寄った村の牧師館で、ジェイは綺麗に水洗いして乾かした木の葉で火導鈴を包んで、酒を振りかけたひと枝の花といっしょに魔方陣のようなものを描いた紙の上にのせ、日当たりと風通しのいい場所に置いていた。触るなと注意され、変わった格好で放置されている火導鈴《かどうりん》を見て、どうしてこんなことをするのだろうかと、リンゼはすごく不思議に思ったのだ。ジェイが火導鈴に行ったのは、きちんとした形式にのっとった清めの儀式だった。清めの儀式は普通、神殿や教会で行われるが、方法さえ正しければ、どこでやってもかまわない。リンゼは見ていなかったが、あの後、ジェイは祈りを捧《ささ》げて祝福し、そうして新しい火導鈴を使いはじめた。ジェイの煙草《たばこ》は、ルミが薬を調合した薬草でできている特別なものだ。医療活動に役立て、人の命を救うために用いられる煙草に火をつけるための道具だから、ジェイはこれを清めて祝福した。

「覚えてます。——じゃあ、ジェイの持ってる、飲んじゃいけない水とお酒って……」

荷物のなかにある二本の小瓶《こびん》のことを尋ねるリンゼに、ルミは頷《うなず》く。

「聖水と御神酒《おみき》だよ。ジェイの場合、技能はあっても正式な資格を持っていないから、公的に何かをすることはできないけれど、私的に行うのはかまわないからね」

「正式な資格、ですか……」

口数が少ないので、一見冷めているようだが、負けず嫌いで努力家であるジェイは、物事を中途半端《ちゅうとはんぱ》にする性分ではない。清めの儀式を行えるような力があるのなら、神官の承認試験を受けていてもおかしくない。思わず、じっと見つめたリンゼを、ジェイはシャツのボタンを嵌《は》めながら、深緑《ふかみどり》の目で睨《にら》んだ。

「……なんだ……⁉」

不機嫌極まりない声を出すジェイに、リンゼはすべてわかった。

（そりゃ、これじゃ駄目だってば☆）

ジェイはいつでも不機嫌な顔をしていて、にこりともしない。多くの者から慕われ、敬われるべき神官が、この無愛想《ぶあいそう》な仏頂面《ぶっちょうづら》では、信者も寄進も集まらない。気に食わない人間は初対面だろうが容赦《ようしゃ》なくぶっ飛ばすし、死ねと殺すが口癖だ。これでは、人当たりがよく穏やかで優しい神官というのには程遠く、恐ろしいったらない。しかも普通、神職に就く者は菜食主義だが、ジェイは肉食である。ビタミンや繊維を摂取する必要から、朝、食欲がないジェイにルミが支度《したく》するジュースで、仕方なく野菜と果物を口にしているぐらいで、あとはパンも菓子も食べない。医者であり、他人に食べさせるためにはなんでも美味《おい》しく料理する調理師でもあるくせに、偏食は徹底している。ジェイの場合はルミの作った特別製の煙草《たばこ》だが、ヘビースモーカーというのも問題ありだろう。面白くないことがあって腐ると、二日酔いになるくらい深酒もする。

「生活習慣と態度を改めましょう？」

助言したリンゼに、ジェイは返事をした。

「……うるさい……！」

まったく改める気のないジェイに、ルミはくすくすと笑った。

着替えたリンゼは、顔を洗おうと、外に出て井戸に向かったが、この家の井戸には釣瓶《つるべ》がなかった。井戸を覗《のぞ》いてみると、水面まではいくらか深さがあり、ちゃんと縄をつけた手桶《ておけ》を使わなければ、水を汲《く》み上《あ》げることはできそうもない。ジェイが携帯用の布バケツを持っているし、家のなかを探せば、丈夫な綱の一本ぐらい見つかりそうだ。しかしなんとなく面倒になってしまって、リンゼはそのまま家のなかに戻った。

「ふぅん、そうか。じゃあ、いいか」

ルミも面倒になったのか、汲み上げた水が欲しいとは言わなかった。来るまでに汲んできた水が、まだ水袋に幾らか残っている。触診を行うジェイが手を洗う水には十分足りるし、昨日の調子なら、今日もルミは調剤の仕事はない。ある水を使って、三人は間に合わせのように洗顔した。まえの町でもらった食べ物が残っていて、どうしても食事に煮炊きを行わなければならない状態ではない。鍋《なべ》を使えば洗わなければならないし、まず使うまえに綺麗《きれい》にしなければならない。この家にはしばらく誰も住んでいなくて、放置されていたのも確かだが、もともとあまり綺麗に使われておらず、鍋などの台所用品は錆《さび》きって埃《ほこり》だらけだった。かなり以前から台所が使われた形跡がないのは、結婚するまえからモーリスは、ちょくちょくタニヤのところでいっしょに食事をとっていたからに違いない。長期滞在するなら綺麗《きれい》に洗い、鍋《なべ》でもなんでも磨いて使うが、その気もないし、仕事が増えるだけなので、あまり触りたくない。ジェイはルミが支度《したく》してくれた果物と野菜のジュース、ルミとリンゼはパンにチーズをのせてトーストして、朝食をすませた。昨日と同じに、家のなかをシーツで仕切り、準備を終えた頃に、作業の開始を告げるように木の板が打ち鳴らされ、少しして村人がやってきた。今日も煙草《たばこ》が嫌がられたので、ジェイは禁煙する。リンゼがまず学力考査を行い、その後でジェイがルミを助手にして、健康診断を行った。学力考査も健康診断も、支障なく順調に進み、午前中で四十数名が終わった。

「あと、十数人ってところかな」

パンの残りをリンゼと分け、ルミは焼いた鳥肉を口にする。

「これだと、一時間ぐらいで終わりそうですね」

ルミが予定していたように、昼過ぎには活動を終わらせられる。

「でも、本当に、ここの皆さんって健康ですね。ルミの仕事がこんなになかったことって、今までありましたっけ？」

不満そうなリンゼに、ルミはくすくすと笑う。

「暇なのはいいことだよ。十分に睡眠が足りているからじゃないかい？」

日照時間の短さは、たっぷりとした休息時間を供給する。ジェイはまえの町で買ってきた新聞を広げて読みながら、黙って鳥肉を食べている。医師も薬剤師も、仕事などないほうがいい。村人皆が健康なのは、とても喜ばしいことだ。

（だけど……）

リンゼはやはり、最初に足を踏み入れたときと同じ居心地の悪さが、いつまで経《た》っても払拭《ふっしょく》されないことを感じていた。しかしそれも、活動を終えてしまえば気にしなくていい。ミゼルの使徒《しと》としてのリンゼの活動は、ここが最後であり、もうすぐ終わるのだ。あとは、聖地クラシュケスにあるミゼルの塔《とう》に戻るだけ――。


午後の仕事の開始を促すように、木の板を打ち鳴らす音が聞こえ、ジェイは煙草《たばこ》を消した。しばらくしてから、学力考査と健康診断を受けるために村人がやってきた。午後から十四人目に来たウィルは、ジェイとルミに言った。

「あともう一人いるんだ。案内するから、あんたたちのほうから、来てくれ。病気とかいうのじゃなくて、年寄りで足が悪いんだ」

その老人の家はここからいくらか離れている。うまく動かない足でここまで歩かせるのは、時間もかかって可哀相《かわいそう》だからと聞き、ジェイは頷《うなず》いた。

「ルーミーさーん♡」

華やかな声の訪問者たちに、リンゼはびっくりりし、ルミは診察室の仕切りの幕から出る。訪れたのは、各々《おのおの》手に大きなバスケットを提げた、十四から十七歳の五人の若い娘たちだ。

「やぁ。どうしたのかな？」

愛想《あいそ》よく、優しげに微笑《ほほえ》みかけるルミに、娘たちはにこにこと微笑む。

「いっしょにお茶しませんか？」

「クッキーを焼いてきたんですよ」

「もうすぐお茶の時間でしょう？」

「搾りたてのミルクを持ってきました」

「ハーブティー、お好きですか？」

娘たちは、美女のように見目麗《みめうるわ》しいルミといっしょに、午後のお茶の時間を楽しみたくて、いろいろと持参してきたようだ。

「う、ん……、そうだなぁ……」

ルミは困った様子で思案する。本音を言えば、ルミはさっさとここでの活動を終えて、

三人で立ち去りたいと思っている。ここで午後のお茶をするよりも、出発したいのだ。

往診鞄《おうしんかばん》を持ち、ウィルを連れて仕切りの幕から出てきたジェイは、ルミに言った。

「ここにいろ」

ジェイの考えを察して、鞄から布製のナップザックを出し、リンゼは頷《うなず》く。

「僕とジェイで行ってきます。ルミはここに残って、片づけをしてくれませんか？」

ジェイの助手はリンゼでもできるし、病気での往診ではないので、もしも調剤の必要があっても、急ぐものではない。後から誰かに届けてもらうのでも、十分に用は足りるだろう。娘たちの目当ては、美人のルミだ。ルミがこの家の片づけを引き受けることにして、娘たちとお茶をしているあいだに、訪問しての学力考査と健康診断は終わるだろう。

「そう、だね。じゃあ、そうしようかな」

支度《したく》をして出かけるジェイとリンゼを、ルミは見送ることにした。


ウィルに案内され、ジェイとリンゼは老人の家に出かけた。三人と入れ替わり、娘たち五人が入ってきて、ルミは狭い家をさらに狭く仕切っていた幕を外す。

「適当に座ってくれないか」

ほとんど家具のない家なので、座る場所など、限られているのだが。

「はぁーい♡」

ルミに晴れやかに返事をして、娘たちは、いそいそとお茶の支度をする。娘たちは全員、昨日のうちに健康診断を終えていた。モーリスの家がどんななのかをしっかり見て帰ったらしく、準備は万端だった。竈《かまど》に火を入れると、水を入れて持参したヤカンで湯を沸かし、バスケットからティーポットとカップを取り出し、食卓でお茶をいれる。ルミが幕を下げるために使っていた紐《ひも》を外し、幕にしたシーツを綺麗《きれい》に畳んで、元のように片づけてしまう頃、賑々《にぎにぎ》しい娘たちによってお茶会の支度《したく》はすっかりできあがっていた。車座になるように場所を移動させて、長椅子《ながいす》には三人、食卓の椅子に一人、衣装入れの行李《こうり》の上に一人と娘たちの場所は決まっていた。ルミのためには寝台があけられている。藁《わら》で作ったものだが、マットレスのある寝台は、ここでの特等席といったところだろうか。

「お茶に蜂蜜《はちみつ》入れますか？」

「ミルクはどのくらい？」

「じゃあ、蜂蜜はスプーン一杯ぐらい、ミルクはカップの五分の一ぐらい入れてもらおうかな」

期待に満ちた目で尋ねられ、くすくすと笑いながらルミは娘たちに答える。ままごと遊びのような調子で、娘たちは寄ってたかって楽しそうにお茶をいれ、寝台に腰を下ろすルミに手渡した。カップはそれぞれが持ち、小卓の上にお菓子ののった皿が置かれ、手を伸ばす格好だ。クッキーは、薄焼きにしてジャムを挟んだもの、刻んだナッツを混ぜて焼き上げたもの、たっぷりのバターを使ってさっくりと焼き上げたものの三種類が、可愛《かわい》らしく盛りつけられていた。

「うん、美味《おい》しい」

クッキーを手にしたルミを、どきどきと見つめていた娘たちは、ルミのひと言で、花のように笑み崩れる。クッキーはずいぶん甘みが強かったが、食べられないほどではない。もっと甘くして、ルミの限界を超えるもののほうが、ルミは味を感じなくなるので都合がいいのだが。

「きゃー♡」

「よかったぁ！」

「今日の朝から、皆で集まって作ったんですー」

「こっちも上手にできたんですよぉ」

「次、こっち、食べてみてくださぁい」

「わたし一人、皆から見つめられていると、緊張してしまうよ」

隔絶された村でも、若い娘の雰囲気は変わらないらしい。他愛《たわい》もない話を弾ませる賑《にぎ》やかな娘たちに、ルミはくすくすと笑う。細い身体《からだ》に裾《すそ》を長く引く衣服を着、美女顔のルミは、娘たちのなかに交じっていても、まったく違和感はない。勧められるままに、ルミはクッキーとお茶を口にする。

「お茶のお代わりいれますね♡」

「え？　あぁ、どうもありがとう」

ルミは残り少なくなっていたカップを、娘たちに渡した。席を立った娘たちは、自分たちもお代わりし、寄ってたかってお茶をいれ、ルミに渡した。

(食べすぎたかな)

お茶を飲もうとしたルミは、少し胸焼けを感じて、ゆっくりと呼吸する。

「本当にルミさんって美人ですよね♡」

「そんな素敵な金髪って、見たことないし」

「貴族のお姫様より、綺麗《きれい》だわ」

「それで男の人なんだもん」

「神の使いとか、生《い》け贄《にえ》とか、本当にもう、ぴったり♡」

きゃぴきゃぴと話している娘たちの会話に愛想笑《あいそわら》いして、お茶をひと口飲んだルミは、はっと目を見開き口もとを手で押さえた。さっきと同じではない。これは——。

真っ青になって俯《うつむ》くルミを見つめ、娘たちは首を傾《かし》げる。

「やだぁ、入れすぎちゃったかなぁ」

「えー？　そんなことないと思うよ。効きやすいとか、あるんじゃない？」

「それに、ほんのひと口だもん」

「毒ってほどでもないから、いいわよ」

「ねぇ、ルミさん♡」

「……きみ、たち……」

こみ上げる激しい嘔吐感《おうとかん》を耐え、ルミは顔をあげて娘たちを見る。苦痛を感じないはずのルミを襲っているものは、暗示によって与えられた偽《にせ》の感覚だ。勧められて甘いクッキーを何枚も口にしていたので、当然のように頭で思ってしまったが、ルミは苦痛を知覚できなくなってから、胸焼けを感じることもなくなっていた。胸焼けは、嘔吐感《おうとかん》の軽いものだったのだ。

(黒蓮《こくれん》……！)

ルミのお茶に混入されたのは、禁じられている麻薬だ。普通、黒蓮を経口摂取した場合、中枢神経に影響がおよび、酩酊《めいてい》状態になる。消化器官から吸収されて、徐々に反応が現れるものなので、ルミのようにひと口飲んだだけで、すぐに反応することはない。ルミは六年まえ、王都の医療宮で治療を受けたとき、中毒ぎりぎりの量で用いられたため、これ以上黒蓮を使わないよう、警告を受けていた。間違いがあってはならないので、匂《にお》いにも過剰に反応するように、嘔吐感に襲われる暗示が与えられた。そういう次第なので、近くに黒蓮を精製した麻薬があるだけで、ルミにはそれがわかるのだが……。

(風か……)

板戸の窓は、採光のために幾つも開け放されていて、匂いは家のなかから運び去られていた。そして娘たちがお茶をいれていた食卓は、風下にある。まさかこんなことになるとは思ってもいなかったルミは、完全に油断していて、カップから香る匂いで発せられていた、小さな警告に気づかなかった。

嘔吐感《おうとかん》に襲われて身を強張《こわば》らせているルミから、一人がカップを取り上げる。

「ちょっと確かめたいだけなんです」

「だから、少しだけ、眠っててくださいね♡」

娘たちはルミを逃がさないように囲み、ルミの顔に濡《ぬ》れたハンカチーフを押しつけた。

（……睡眠薬）

完全に押し当てられるまえに、薬品臭からなんであるのかを察したルミは、とっさに息を止める。湧《わ》き起《お》こる激しい嘔吐感を抑えるため、身体《からだ》は酸素を求めていたが、それが許される状況ではない。ルミは息を止めたまま、濡れたハンカチーフを押しつけられ、それを嫌がって顔を動かし、そして目を閉じてぐったりと身体の力を抜いた。気を失ったふりをして、くたりと倒れるルミに、うまくいったと思いこみ、娘たちは濡れたハンカチーフを取って、ルミが苦しくないよう、足をのせて綺麗《きれい》に寝台に横たえた。自然な成り行きのように見えたが、ルミを寝台に掛けさせたのは、最初からこういう意図があったのだろう。娘たちはルミの身体に傷がつかないように、ルミの右手を布で包んで縛り、その端を持ってきた紐《ひも》に繋《つな》げて、ルミの右手と寝台とを繋いだ。目的を果たした娘たちは、満足そうに微笑《ほほえ》みあい、お茶会を終わらせ、片づけて撤収する。

「ねぇ、タニヤのお腹《なか》にいるのが悪魔の子なのかな、それともあのお医者さんが悪魔の使いなのかな？」

「さぁ。よくわかんない。お医者さんが神の使いなら、悪魔の子を殺してくれるでしょ」

「タニヤの赤ちゃんが人間だったら、あのお医者さんが悪魔の使いなのよね。格好《かっこ》いいのにねぇ」

「馬鹿ね、そういうのが手なのよ。この人だって、綺麗《きれい》すぎるし」

「悪魔の使いを焼き殺したら、神様はきっと、わたしたちを助けてくださるわ」

顔に押し当てられたハンカチーフから薬品を吸収することはなかったが、顔に付着したものまで、綺麗に拭《ぬぐ》いさられたわけではない。ひと芝居うって娘たちを騙《だま》すのに成功したルミだが、黒蓮《こくれん》のせいで激しい嘔吐感《おうとかん》に襲われて身動きできないところで嗅《か》ぐ睡眠薬は、わずかでも意識を混濁させるのには十分だ。

（……ジェイ……）

連れ出されたジェイとリンゼのことは気になるが、身体《からだ》が言うことをきかない。ルミは長い睫毛《まつげ》を震わせて、意識を手放した。


ウィルがジェイたちを連れていった家は、遠いと言った言葉どおり、村の中心にある塔《とう》を挟んで、向こう側にあった。広場を囲む森を抜けて広場を突っ切り、また森を抜けて、果樹の向こうに見えてきたのがその家だと教えられたとき、リンゼはあっと声をあげた。

「すみません、忘れ物をしました……！　すぐ取ってきます！」

先に始めていてくれるように言って、リンゼは踵《きびす》を返した。急いで走っていくリンゼに、ジェイはやれやれと溜《た》め息《いき》をつく。助手がいれば楽だが、いなくても健康診断はできる。ジェイを連れていったウィルは、家の扉を叩《たた》き、そして扉を開いた。家はモーリスの家とあまり変わらない、ひと間だけの小さな家だ。

「医者を連れてきた」

「教師とかいう小さい奴は？」

「忘れ物を取りに戻った」

「ふぅん……」

ウィルに続いて家のなかに入ったジェイは、そこで自分を待っていた複数の村人の姿を見て、むっと眉《まゆ》を顰《ひそ》めた。

「——足が悪くて、健康診断を受けられない者のために、来たんだが……⁉」

ジェイの問いに返事はなかった。ここにはそんな老人などいない。ウィルは嘘《うそ》をついて、ジェイをここまで連れてきたのだ。

家に集まっていたのは、二十歳《はたち》をいくらか過ぎた若い男ばかりが七人ほどだ。しかも彼らは、不穏な空気を漂わせていた。ジェイに睨《にら》まれたウィルは、その鋭い視線を気にすることもなく、一番奥にいる男たちに合図を送る。頷《うなず》いた男たちは、立ち位置を変え、背後に隠していたものをジェイに見えるようにした。男たちの背後にいたのは、身体《からだ》に縄をかけられ、拘束されて膝《ひざ》をついている女だ。

「タニヤ……」

ジェイは驚いてタニヤを見つめる。縛られているだけで、殴られたりというような乱暴はされていないようだが、屈辱を耐え厳しい表情で俯《うつむ》いているタニヤは、ハンカチーフで口も塞《ふさ》がれていて、声を出すことはできない。妊婦に対してなんということをするのかと驚くジェイの前に、両脇《りょうわき》から持ち上げるようにして連れてきてタニヤを跪《ひざまず》かせ、皆で周りを取り囲んでウィルは言った。

「早く悪魔の子を殺してくれよ。でないと、村の皆は駄目になっちまう。悪魔の子が生まれたら、俺たち皆、喰《く》われてしまうんだ。あんた、神の使いだから、俺たちを守ってくれるよな？」

狂おしい光を宿した瞳《ひとみ》で見つめられ、ジェイは溜《た》め息《いき》をつく。

「悪魔の子なんていない」

断言し、踵《きびす》を返したジェイは、扉を塞いでいる男を深緑《ふかみどり》の目で睨《にら》む。

「退《ど》け」

「なぁ、あんたどうして、ずっとこれ嵌《は》めてるんだ？」

まったく外さないジェイの左手の黒い革の長手袋に疑問を持ち、男が手を伸ばす。

「触るな……！」

言葉と同時に、ジェイは男を殴り倒していた。ジェイの強烈な右拳《みぎこぶし》が顔面に決まり、男は吹っ飛んで壁に叩《たた》きつけられた。一瞬の出来事に、ウィルたちはぎょっとする。

「野郎……！」

「何しやがる！」

「――それはこっちの台詞《せりふ》だ……！　その女にかけた縄を解いて、出ていけ」

振り返ったジェイは、眼光鋭くウィルたちを睨《にら》みつける。ミゼルの使徒《しと》を騙《だま》してここまで連れてきて、悪魔の子どもを殺せと頼むなど、まったく聞いたこともない。

「あんた、悪魔に味方する気か⁉」

「うるさい……！」

血を吐くようなウィルの叫びを、ジェイは冷ややかに一蹴《いっしゅう》した。叫び声をあげて、横にいた男がジェイに殴りかかり、ジェイはその拳を難なく避《よ》けると、男の腹に容赦のない膝蹴《ひざげ》りを入れる。正気の糸が切れたように、ウィルたちはジェイに襲いかかった。

「ちっ……！」

気の短いジェイは、ここで全員ぶっ飛ばして黙らせ、そのあいだに村を出ることに決めた。騒ぐ者がいなければ、事は露顕《ろけん》しない。多数対一だが、実力で町の不良少年たちの頂点にのし上がったジェイにとって、それはたいした問題ではない。背後から襲いかかった男が、ジェイを羽交い締めにして動きを封じようとした。ジェイはすかさず、強烈な肘打《ひじう》ちをぶちこんで、これから逃れる。捕まえようと伸ばされた誰かの手が、ジェイのシャツを摑《つか》んだ。鋭い音をたてて、ジェイのシャツが裂ける。

「な、なんだ、それ……っ！」

驚愕《きょうがく》の叫びをあげられ、ジェイははっとする。殺気を恐怖に変え、思わず退《しりぞ》いたウィルたちが凝視しているのは、ジェイの身体《からだ》にある、あの酷《ひど》い刀傷だ。

「っ！」

顔色を変えたジェイは、白いコートの前を搔《か》きあわせ、水竜《すいりゅう》の形をした醜悪な傷痕《きずあと》を、慌てて隠す。いつもは平然と振る舞っているし、自分から人目に晒《さら》しもするが、しかしジェイの心の内には、この傷痕に対する激しい嫌《けん》悪《お》と劣等感があった。

「ねぇ、言ったでしょう。悪魔の使いには、印があるって」

背後から聞こえた女の声に、ジェイが振り返るより早く、薪箱《まきばこ》から摑み出した薪を振り下ろし、タニヤはジェイの頭部を強く殴打《おうだ》していた。誰もタニヤに近寄った者はいなかった。しかしタニヤは縄とハンカチーフを捨てた自由な姿で、そこにいた。そう見えるようにしていただけで、最初からタニヤは縛られてなどいなかったのだ。

「封じられた悪魔は、わたしたちをこの場所に閉じこめて、人間を食べるために、ここで飼って生かしていた。悪魔の使いは、うまく人間が育っているかを確かめにきた。悪魔は子どもが生まれるのを待ってる。赤ん坊が生まれたら、悪魔は復活するのよ。赤ん坊ができた晩、モーリスはそれがわかってしまったから、悪魔に殺されたの……」

頭部への強烈な一撃をまともに受け、気を失って床に倒れたジェイを見下ろし、タニヤは言った。

「悪魔に子どもは渡さない」

紛れもない母たる女の言葉を紡《つむ》ぎ出《だ》したその唇《くちびる》は、しかし、禍々《まがまが》しく歪《ゆが》んでいた。

第五章　知略

ジェイと別れたリンゼは、ナップザックが背中で跳ねないようにしっかり紐《ひも》を押さえ、広場の手前の森の近くまで走ってきてから、はたと思った。

（ジェイに借りればいいんだ）

リンゼが忘れてきたのは、石盤に文字を書くための蠟石《ろうせき》である。石盤は持ってきたのにと慌ててしまったが、何もこれにこだわる必要はなかった。診療簿に記入するため、ジェイは紙とペンを持っている。大量に消費するならば迷惑だろうが、一枚ぐらい譲ってもらっても、差《さ》し障《さわ》りはないはずだ。

（あぁもう、やんなっちゃうなぁ……！）

忘れ物に気づいたときに、それが何かをジェイに教えたなら、取りに戻る必要などないと言ってくれただろう。自分の責任だ、なんとかしなければと気持ちが焦《あせ》ってしまって、失敗してしまった。

（怒られるだろうけど、いいや）

走って疲れて、そのうえ怒られるだろう、とんだ骨折り損だが、早く戻るにこしたことはない。リンゼは蠟石《ろうせき》を取りに戻ることをやめて、ウィルといっしょにジェイが向かった家に取って返した。

乱れてしまった息を整えるため、家の少し手前で走りやめ、歩いてきたリンゼの耳に、がたがたという騒々しい物音が聞こえた。

（なんだろう……？）

家具の移動でもしているのだろうか。足が悪いという老人なら、そういう力仕事にも不自由しているかもしれない。しかしそれにしては、何やら荒っぽいような……。

いったい何に取りこんでいるのだろうかと、リンゼは入り口の扉に向かうまえに、少しなかの様子を覗《のぞ》いてみることにした。家の正面から左側に移動して道を外れ、開いている窓が見える位置から家に向かう。そうして木立の合間を通してリンゼが目撃したのは、ウィルたちと乱闘するジェイの姿である。

（な、何⁉）

どうしてこんなことになっているのだろうか。何がなんだか、訳がわからない。びっくりしたリンゼは、思わず木の幹に隠れながら自分の姿が見えないようにして、目的の家に急ぐ。ミゼルの使徒《しと》の教員の制服である緑のライトコートとお揃《そろ》いの帽子、そして茶色い髪のリンゼは、木と同化しやすい色だったため、こそこそと移動すると見つかりにくいことを、これまでの回国《かいこく》の活動の経験で学習していた。背負っているナップザックも、ライトコートの色に合わせた緑色だ。

部屋は人間がぶつかったせいで卓が押《お》し退《の》けられ、椅子《いす》が倒れ、いろいろな小物が散乱している。相手は八人だったが、すでにジェイにぶちのめされて、倒れたりうずくまったりしている者もいる。多勢に無勢でも、それはジェイの場合、あまり問題にはならないことをリンゼはこれまでたくさん見てきた。下手にリンゼが出ていくと、かえってジェイの足手まといになる。しかし——。

(タニヤさん！)

身体《からだ》に縄をかけられた姿でしゃがんでいる女の姿に、リンゼはぎょっとする。ウィルはタニヤのお腹《なか》のなかに、悪魔の子がいると言っていた。足が悪いという老人の姿は、どこにも見えない。

「…………」

家に辿《たど》り着《つ》いたリンゼは、姿勢を低くして、窓の下に身を隠す。

(ひょっとして、騙《だま》された……？)

よくわからないが、とにかくこの家は、ジェイとリンゼが思っていたようなところではない。そして、ここはモーリスの家から最も遠い場所にある。

ピッと布の引き裂ける音が聞こえた。

「な、なんだ、それ……っ！」

なかから聞こえてきた激しい驚愕《きょうがく》の声に、どきんと震えて、頭をあげたリンゼは窓から家のなかを覗《のぞ》く。

乱闘の中心で、男たちに囲まれるようにして立っていたジェイは、俯《うつむ》いて前屈《まえかが》みになり、両手でコートの前を掻《か》きあわせて、身体《からだ》を庇《かば》うようにしていた。

（あ……っ！）

ジェイの姿を見たリンゼは、さっきの叫びが何を目にしたことによるものかを察した。

ジェイの身体にあるあの刀傷の痕《あと》は、それがどうやってつけられたかを知っていても、衝撃的だ。何も知らないで見てしまったなら、身体に埋めこまれたような水竜《すいりゅう》の形は、恐ろしく不気味に映ることだろう。コートの襟《えり》と金色の髪に隠れてしまって、ジェイの横顔はほとんどリンゼには見えなかったが、ジェイが辛《つら》い思いをしているだろうことは、嫌というほどわかった。子どものとき、王立の養護施設である天使の家にいたときも、ジェイはこの傷痕のことを気味悪がられ、陰口を叩《たた》かれて苛《いじ》められた。悔しさと哀《かな》しさと嫌悪《けんお》、どろどろした気持ちがあるから、ジェイは気を許せる者がいない場所では、肌を晒《さら》すことはない。ジェイが大好きなエレインに触れることができないのは、身体にこの醜悪な傷痕があるからだろうと、ルミは言っていた。

（ジェイ！）

家に飛びこもうとしたリンゼは、ジェイの背後でゆらりと立ち上がった者の姿に、はっとする。

(タニヤさん⁉)

「ねぇ、言ったでしょう。悪魔の使いには、印があるって」

言いながらタニヤは、声に驚いて振り返ったジェイの頭を、手に摑《つか》んでいた薪《まき》で強打した。なんの躊躇《ちゅうちょ》もなく思い切り振り動かされた腕と、殴打《おうだ》する鈍い音に、リンゼは思わず目を閉じ、肩を竦《すく》めた。ジェイが床に倒れる音とともに、腰砕けになったリンゼも、その場にしゃがみこんでしまった。

「封じられた悪魔は、わたしたちをこの場所に閉じこめて、人間を食べるために、ここで飼って生かしていた。悪魔の使いは、うまく人間が育っているかを確かめにきた。悪魔は子どもが生まれるのを待ってる。赤ん坊が生まれたら、悪魔は復活するのよ。赤ん坊ができた晩、モーリスはそれがわかってしまったから、悪魔に殺されたの……。悪魔に子どもは渡さない」

窓の下で呆然《ぼうぜん》と、タニヤの声を聞いていたリンゼは、悪い夢のなかに迷いこんだように、頭がぐるぐるするのを感じていた。

(どうして……?)

こんなことになってしまうのか、まったく訳がわからない。

(あと一人……、足の悪いお年寄りの家に行って、学力考査と健康診断をして……)

それでこの村での活動は終わりだった。リンゼはジェイとルミと、三人でここを出ることになっていたのだ。次に行き着いた町で乗り合いのトカゲ車を拾って、向かう先は聖地クラシュケスのミゼルの塔《とう》で……。


「──死んでないよな?」

不安そうに言われて、倒れたままぴくりとも動かないジェイを、ウィルは覗《のぞ》きこむ。

「あぁ。こいつは火炙《ひあぶ》りになって死んでもらわなくちゃいけないんだ」

悪魔の使いを天に送り、神に裁いてもらうには、そうする必要がある。

「おい、縄だ。気がつくと厄介だから」

「早く柱に縛りつけよう」

とにかく、気がついて暴れだすと手がつけられないので、ウィルはタニヤに貸していた縄をもらって、今度はきちんとジェイを縛り上げて拘束する。そして、ジェイに倒されて伸びている仲間を助け起こした。

「アンナたちのほうは、うまくいったかな」

「戻ってこないから、大丈夫だろう。五人で行ったんだ。あの男は生《い》け贄《にえ》にちょうどいい」

「あんな美人なら、きっと神様も喜んで、俺たちの願いを聞き届けてくださるさ」

悪魔の使いを火炙《ひあぶ》りにしたその後に——。

算段している男たちの声。アンナたち五人が向かった先にいるのは、ルミだ。五人の娘が訪問するのと入れ替わりに、ジェイとリンゼは出てきた。

（ルミ……）

ぎゅっと手を握りしめ、リンゼは小さくなって震える。

（どうしよう、どうしよう、どうしよう……⁉）

向かうところ敵なしだったジェイが、こんな、抜き差しならない状況に追いこまれたことなど、これまで一度もなかった。嫌な展開になっていても、相手は本来善良な村人であり、倒さねばならない黒魔道士《くろまどうし》や盗賊ではないので、かえって質《たち》が悪い。

「おい、遅いな」

「あぁ。忘れ物ってなんだったんだ？」

「あいつが戻ったことで、アンナたちの手順が狂ってなきゃいいけどな」

話している声に、リンゼはそれが自分のことであると気づき、息を詰めた。まさかこんな場所で、すべてを覗《のぞ》き見《み》、盗み聞きをしているとは思ってもいないはずだ。

（まずい……！）

リンゼは身を低くしたまま急いで移動して、近くに生えていた雑草の茂みに隠れた。

「ちょっと行って見てきてくれ。アンナたちの首尾も知りたい」

「わかった」

「俺も行く」

ウィルに頼まれて、男が二人家を出て、ルミと娘たちがお茶をしているだろう、モーリスの家に向かって走っていった。

ルミは男性にしてはかなり細身で、美麗な風貌《ふうぼう》のせいもあってか弱く見えるが、決して軟弱ではない。ミゼルの使徒《しと》として世界各地を旅して歩き、足腰は強靭《きょうじん》に鍛えられているし、腕力も握力もある。貴族で、優雅ではあるけれど、ルミはフェミニストではないので、女性が相手でも躊躇《ちゅうちょ》しない。たとえ彼女たちが五人で一斉に飛びかかったとしても、力ではルミのほうが勝っている。容姿が優れていることに加え、いかにも拉致《らち》しやすく見えるために、ルミは性的欲望や人身売買の商品の対象になりやすい。この村の人間は犯罪者としては素人《しろうと》だし、ルミは回国《かいこく》の活動の途中で、ジェイといっしょに何度も修羅場《しゅらば》を経験してきているから、男が二人加わったところで、物の数ではないはずだ。そしてルミは薬物の専門家で、しかも毒物に対して耐性がある。娘たちはルミにお茶を誘いかけたが、お茶に何か薬物を混入しても、それが何かわかるし、ルミの近くには薬品鞄《やくひんかばん》があるので、それを無効にするものを調剤することができる。ルミとジェイが過剰に反応する、世界で唯一の薬物、栽培することの許されない禁断の麻薬がこんな場所にあり、用いられようなどとは、夢にも思わなかった。だからリンゼはこの瞬間に、ルミが意識を手放しているなどとは考えなかったのだ。異常なことが起こっていることを察したなら、ルミは自力で危機を回避し、助けにきてくれると信じて疑わなかった。

（ジェイ……！）

リンゼはジェイを助け出したくて、茂みの陰でじっと息を殺して聞き耳を立て、様子を探っていたが、家のなかの男たちはウィルを含め六人。ジェイに遠慮なくやられた者たちは、まだしばらくはダメージが残っているが、だからといってリンゼが殴り合いをして勝てる相手ではないだろう。虚を衝《つ》かれなければ向こうの戦力にはならないが、妊婦のタニヤもいる。後味がよくないので、タニヤを巻きこむような真似《まね》はしたくない。

（どうしたら……!?）

考えなければいけない。今ここに味方はいない。力のないリンゼは、知恵を振り絞って戦う以外に方法はないのだ。

何人か、人が近づいてくる足音が聞こえて、リンゼは緊張し、ぎゅっと小さくなって茂みに身を隠す。やってきたのは、ディケンズと、同年輩ぐらいの村の男だ。ディケンズは扉を叩《たた》き、返事を待つことなく扉を開いた。

「どうだ？」

「あぁ。タニヤの言ったとおり、やっぱりこいつが悪魔の使いだった。ちゃんと印もあるから、間違いないぜ」

ウィルの返事に、ディケンズは忌《い》ま忌《い》ましげに舌打ちする。

「何がミゼルの使徒《しと》だ……！　悪魔の使いのくせに、神の使いを騙《かた》るとは……！」

「それに、この手袋に触ろうとしたら、物凄《ものすご》く怒って、バズを殴ったんだ」

まったくいつものことなのだが、普段のジェイを知らない者から見れば、まさに悪魔のような一撃だっただろう。

「あれは悪魔の左手よ……。ディケンズさん、早くこの男を……！」

縋《すが》るような声を出したタニヤに、ディケンズは頷《うなず》いた。

「神殿の前の広場で火炙《ひあぶ》りにしよう」

そしてジェイはウィルたちに抱えられ、家から運び出されてゆく。タニヤも含め、全員が儀式を見届けるため、家を出ていった。

(悪魔の左手なんかじゃないよ……！)

悔しくて悔しくて、涙が零《こぼ》れそうだった。身を隠したリンゼは、連れ去られるジェイをぎゅっと唇《くちびる》を嚙《か》みながら見つめた。隠れながら後を追おうとして、リンゼははっとする。

(ジェイの往診鞄《おうしんかばん》)

使いこまれた革の鞄は、ジェイが医師免許の取得試験に合格したとき、イルドの町の人たちが贈ってくれた大切な物だ。なかに入れている道具も、医学生の頃からジェイが使ってきた、愛着のある物だ。人々の健康を守り、苦痛を和らげ、命を救うために、丁寧に手入れされ、用いられてきた。医師となったジェイの思いを受け止め、助けてきた物だ。

(こんな場所に置いていけない……!)

リンゼは家のなかから物音がしないのを確かめ、裏口に回って急いで家のなかに入った。乱闘のあった室内は、倒れた物が起こされ、落ちた物が拾い上げられただけで、まだ雑然としていた。床に投げ出されている往診鞄《おうしんかばん》を見つけたリンゼは、走っていってそれを拾う。

「……よかった、壊れてない」

蓋《ふた》を開けて一瞥《いちべつ》しただけだが、踏まれたり潰《つぶ》されたりという衝撃を受けた様子はなかった。ほっとしたリンゼは、床に落ちていた白い布の切れ端を発見し、ずきんと胸を鳴らした。それは、引き裂かれたジェイのシャツだ——。

「ジェイ……」

床に跪《ひざまず》き、布の切れ端を拾ったリンゼは、それを往診鞄といっしょに、ぎゅっと胸に抱きしめる。

「絶対に助けます……!」

ジェイはいつも不機嫌な仏頂面《ぶっちょうづら》で、にこりともしてくれないし、すぐに殴るし、殺すと脅すけれど、思いやりのある優しい人間であることを、リンゼは知っている。最初から、ジェイには助けられてばかりだった。たくさんのことも教えてもらった。ここまで五体満足でやってこられたのは、ジェイがいてくれたからだ。ジェイがしてくれたように、リンゼも自分で考え、自分の力で、ジェイを助けなければならない。

きっと顔をあげたリンゼは、シャツの切れ端を隠しに入れ、往診鞄《おうしんかばん》を抱いて裏口から家を出た。そして見つからないよう慎重に物陰に隠れながら、ジェイを連れ去るウィルとディケンズたちの跡をこそこそとつけていく。

(ジェイは、水晶竜《すいしょうりゅう》の爪《つめ》を出さなかったんだ)

神の戦士のための伝説の聖獣の爪。たとえ説明されなくても、透き通る銀色に輝くそれを一目見れば、誰にだってそれが神聖なものであるとわかる。しかしジェイがそれを出さなかったのは、この村の者たちに水晶竜の爪を見せても、まともな反応が返ってこないことを確信していたからだ。自分たちの常識の範疇《はんちゅう》にないものを見せつけられた場合、彼らは恐怖し否定する。聖も魔も、驚異的なものという点では同じだ。水晶竜の爪は戦うための力の象徴であり、極論で言うと破壊するものだ。神聖な力であっても、武器であることにかわりはない。

(あの人たち、絶対おかしい)

幸いなことに、広場はぐるりと森に囲まれている。見つからないように注意して、木の陰や草陰を移動しながら、リンゼは昨日、モーリスの家に連れていってくれたウィルのことから思い出す。ウィルが主張するのは、どこか破綻《はたん》した理論で、まともじゃない。

（まるで、悪魔がいないと気がすまないみたいだ……！）

そしてタニヤは――、己を正当化するために、ミゼルの使徒《しと》を悪魔の使いとした……。

世界と隔絶された、閉鎖的空間に身を置くことによるストレス。魔女裁判にも似た、贖《しょく》罪《ざい》の儀式を騙《かた》った集団ヒステリー――。

狂気に憑《つ》かれている二百人の村人を前に、リンゼがのこのこと出ていって、ただ一人で話し合いをして誤解を解くなど、無理な話だ。強引な力業、戦いを挑んだとしても、とても勝ち目はないし……。

（騒ぎを起こす……？）

たとえば火事のような。リンゼは考える。十数本も火矢を放てば、離れた場所から見つかることなく、簡単に火事は起こせる。村人はジェイのことよりも先に、火を消そうとするだろう。しかしそれでは、村の人たちの暮らしに支障が出るだろう。

（駄目だ、そういうのじゃ！）

それは神の使い、ミゼルの使徒のするべき行いではない。混乱に乗じて、ジェイを助けることができたとしても、それでは解決したことにはならない。

（だったら、どうしたら……⁉）

（考えろ考えろ考えろ……！）

リンゼは必死になって思いを巡らせる。

（ルミ……）

自分と同じように身を潜めて、ルミがどこかからやってくるのではないかと、リンゼはしきりに気にしていたのだが、そのような気配はなかった。悪魔の使いを捕らえたという話が伝えられ、神殿前の広場には、仕事を放《ほう》り出《だ》して人が集まってきた。何人か人間が集まると、そこには雑談があり、いくらかのざわめきがある。しかしその広場は、尋常ではない緊張感に支配され、目を閉じてしまうとそれだけの人数がいるとはわからないだろう密《ひそ》やかさがあった。広場の中央にはもう場所が決められていて、すでに準備がなされていたらしく、どこからか脚をつけた柱が運ばれてくる。

（駄目だ、もう……！）

時間がない。何かしら行動を起こさなければならない。リンゼはルミを待つことを諦《あきら》めた。

（あぁもう！　どうしてこんなことに……！）

嘆いて頭を振ったリンゼは、視界に入っていた塔《とう》のことに唐突に気がついた。崩れる危険があるために、誰も近寄らない塔。そこには――。

――鐘《かね》はすべて、浄化の力を授けられている……。

「あっ……」

今朝聞いたジェイの言葉を思い出し、大きく目を見開いたリンゼは、食い入るように塔《とう》のてっぺんに吊《つ》り下《さ》げられている鐘を見つめる。

――鐘の音には浄化の力がある。祝福し、癒《い》やし、清め、鎮《しず》め、魔を祓《はら》う。

ルミはそう言った。

「そう、なんだ……」

ここは鐘の音の聞こえない場所。この村に住む人々は、祝福されず、癒やされず、清められず、鎮められず……、心に巣食う魔を祓うことはできない。だから、不安に脅《おび》え、追い詰められる。歪《ゆが》んだ闇《やみ》の囁《ささや》きに耳を貸す。

「――我はミゼルの使徒《しと》にして、知の神ミゼルの神聖なる使いなり……！」

毅然《きぜん》として顔をあげ、鐘を見つめたリンゼは、ジェイとルミがいつも口にする、使徒の言葉を唱える。それは誰からも教えられることのないもの。耳で聞き、覚えて、声に出すことで引き継がれていく、ミゼルの使徒の先達たちの心。

ミゼルの使徒《しと》に関はない。ミゼルの使徒に、入れない場所などない。ミゼルの使徒はミゼルの神より、透明の翼を与えられている。

（あれはミゼルの神がくれた鐘《かね》だ……！）

心優しい知の神ミゼル。ミゼルの神は、金属を溶かし、それを鐘にする方法も教えてくれたに違いない。そうして、浄化の力を持つ鐘で、人々に癒《い》やしを与えた——。

急いで木に登ったリンゼは、ジェイの往診《おうしん》鞄《かばん》を木の枝の上に隠し、果敢に行動を開始した。物陰に身を潜め、人目につかないよう注意しながら、塔《とう》に向かう。

意識を失っているジェイを担《かつ》ぎ上《あ》げた村人たちは、石を積み上げて少し足元を高くしてからジェイを柱の前に立たせ、まず胸の上側から腋《わき》に縄を回して、ずり落ちていかないように柱に身体《からだ》を固定し、両手を柱の後ろに回させて両手首を縛《いまし》める。そして両足の自由を奪うため、脛《すね》の上から縄を巻いて柱に縛りつけた。各戸で割った薪《まき》を、村人たちが持ち寄りだす。ジェイの足元に、薪が積まれていく。

「ウィル！」

大きな声を出す者に、ジェイを柱に縛りつける指示をしていたウィルは振り返る。走ってやってきたのは、モーリスの家に向かった二人の男だった。

「どうした⁉」

彼らの様子から、よくない答えが返ってくることを予想し、ウィルは尋ねる。後ろに五人の娘を引き連れてやってきた二人の男は、ウィルに言う。

「あのガキ、戻ってない！」

「どこかに逃げやがった！」

大声に気をとられ、皆の視線がそちらに動いた隙《すき》を逃さず、リンゼは物陰を飛び出して、塔《とう》に向かって駆けこんでいた。彼らが来てくれたおかげで、なんとか成功したが……。

（あの子たち……！）

塔の戸口の陰に身を潜め、息を整えながら外の様子を探るために覗《のぞ》いたリンゼは、ウィルに向かって走る男たちの、後についてやってきた娘たちを見て、目を剝《む》く。あの五人の娘たちは、ウィルの少し後からモーリスの家にやってきて、ルミをお茶に誘った子たちだ。彼女たちが無事でいるということは――。

（そんな……）

リンゼは愕然《がくぜん》とし、ルミもまた、彼らの手に落ちたことを知った。いつまで待っても、来てくれないのも道理だ。

（いったい、何があったんだよ⁉）

あのルミが、あんな連中にしてやられてしまうだなんて、リンゼには本当に信じられない。まさしく悪魔か何かが手を貸しているような感じだ。

（絶対負けない！）

めらめらと闘争心が湧《わ》いた。ぐっと歯を食いしばり、拳《こぶし》を握ったリンゼは塔《とう》の内側を見上げる。高さ三十メートルほどの塔は、四角く切り出した大きな石を積み上げ、上に向かって細くなる、四角錐《しかくすい》の形に造られている。なかは空洞で、てっぺんに吊《つ》り下《さ》げられている鐘《かね》と屋根が見えなければ、煙突と似たようなものだ。壁から細長い石の棒が隙間《すきま》を開けて突き出されるような形で、ぐるぐると簡単な階段らしきものがあり、上まで上れるようになっているのだが。

「…………」

階段の上り口に残骸《ざんがい》となり、リンゼの背の高さほどのところまで、階段は崩れ落ちていた。しかし、上らなければ鐘は鳴らせない。吊り下げられている鐘は、何かを投げつけて届くような高さにはないのだ。下から見た鐘の内側には、何もなかった。揺すっただけでは鐘は鳴らない。素手では鐘を打ち鳴らすことはできない。

（硬い物……）

金属に対抗できる物と考えたリンゼは、背負っているナップザックのなかに入っている石盤を思い出した。ナップザックに入れたまま、思いっ切り振り回して石盤を当てたなら、きっと鐘《かね》は鳴る——！

ぎりぎりまで下がったリンゼは、助走で勢いをつけ、側面の方向から階段の石に飛びついた。狙《ねら》った段は二つ。右手をかける分と、左手をかける分。

(体重を分散させたら、きっと……！)

一段に体重をかけてしまうと、いくら体格のあまり大きくないリンゼでも、危ないかもしれない。でも、何段かに分けて重みをかけるようにしたならば、それぞれにかかる負荷は小さくなる。

「……っく……！」

古くなり、風化も目前といった石材は、勢いをつけて突然にぶら下がったリンゼの体重を、しかしなんとか受け止めた。ぱらぱらとかけらを落とし、亀裂《きれつ》を走らせながらも、階段は崩れ落ちなかった。そのまま足をかけ、リンゼは階段に這《は》い上《あ》がる。

(待ってて、ジェイ、ルミ……！)

慎重に強度を確かめたリンゼは、なんとか大丈夫だと判断し、一気に上を目指す。

娘たちの様子を探りにいった二人の男たちは、ちょうど彼女たちがモーリスの家を出てきたところで、顔を合わせた。お茶会をまんまと成功させた娘たちは、目を覚ましても逃

げられないように、寝台とルミを繋《つな》いできたことを、賑々《にぎにぎ》しく報告した。そして彼らは、リンゼがモーリスの家に戻ってこなかったことを知ったのだ。


「捜せ！　どこかにいるはずだ！」

飛び出していくウィルの叫び声に、ジェイから少し離れた場所にいた村人たちは、大慌てでリンゼの姿を捜しはじめた。

「駄目よ！　この悪魔の使いを、早く火炙《ひあぶ》りにしてっ！」

金切り声でタニヤは叫んだ。広場の周りは大小様々な木々が生い茂る森だ。見通しはあまりよくなくて、身を隠す場所は多い。タニヤの言葉に頷《うなず》き、邪魔が入らないうちにとディケンズは命じ、そうしてジェイの近くにいる二十名ほどの者たちは、大急ぎで火炙りの支度《したく》を調える。

「そうよ、この、悪魔の使いさえ焼き殺してしまえば……！」

タニヤは広場に座りこみ、祈りを捧《ささ》げるように胸の前で手を握りしめる。

「――いたぞ！　こっちだ！」

「塔《とう》のなかに！」

叫ぶ声を聞きつけて、リンゼを捜していた村人たちのうち、三十人ほどが塔へと走る。

そして広場の周りの森にいた何人かがその声を聞きつけて、家や畑、果樹園のほうに捜しにいった者たちに、知らせにいく。

「鐘《かね》だ！」

「鐘を壊そうとしている！」

「あの子も悪魔の使いなのよ！」

塔《とう》の内側に駆けこんだ者たちは、懸命に階段を駆け上っていくリンゼの姿を見て、口々に叫んだ。

「退《ど》けっ！」

駆け上っていくリンゼを阻止しようと、ウィルは階段に飛びついたが、しかし石材は彼の体重を支えきれず、ぼきりと折れて落ちた。衝撃に脆《もろ》いことをいまさらながらに思い知った村人は、自分たちの身体《からだ》を使って踏み台を作り、リンゼを追う者たちをそっと階段にのせた。どうにか段にのることのできた者たちは、必死の形相でリンゼの後を追う。

「悪魔の使いは呪《のろ》われよ！」

崩れ落ちた石材の破片を摑《つか》んだ老人が、リンゼに向かってそれを投げつけた。老人の投げた石材の破片は、リンゼの足に当たった。

「っ！」

強襲した飛来物に傷つけられたリンゼは、その痛みによろめき、バランスを崩して階段を踏み外しそうになった。その姿を下から見た者たちは、次々に石材の破片を拾う。後を追ってくる者たちの怒号も聞こえる。

(早く……!)

リンゼは腕をあげて顔のあたりを庇《かば》いながら、懸命に階段を駆け上る。高く上ってしまいさえすれば、投げつけられる石材の破片は届かない。絶対に追いつかれるわけにはいかない――! 投げつけられる幾つもの破片に打たれながら、前を見つめ、リンゼは歯を食いしばって階段を駆け上がる。

鐘《かね》を……!

第六章　確信

　聖なる音をもたらす古い鐘《かね》に向ける強い思いは、リンゼも村の者たちも、まったく同じだった。誰もが、大切な仲間を守るために、必死だった。大勢の人間が塔《とう》の内側の階段を駆け上がり、その振動で古びた塔はぎしぎしと揺れた。擦《こす》れた石材から、ぱらぱらと破片が落ち、あちこちで亀裂《きれつ》が走る。

　ジェイの足元に薪《まき》は積み上げられ、その上に油が撒《ま》かれた。ディケンズが手に持っている藁《わら》に、火導鈴《かどうりん》で火がつけられる。

　息を切らし階段を上っているリンゼの顔に、日の光が当たった。鐘を吊《つ》っている部分に設けられた大きな開口部から射《さ》しこむ光だ。もうすぐ近くに鐘がある。階段の最上部は、鐘を囲む扇形の床だ。最後の五、六段のところから、リンゼは手に持つたナップザックを背中から下ろしながら階段を上る。背後から伸ばされた手が、リンゼのライトコートを摑《つか》んだ。

「！」

ぐいと後ろに引っ張られたリンゼは、片側だけ肩から下ろしていたナップザックを、まだ紐《ひも》が掛かっている側の手に落とし、夢中でそれを振り回していた。石盤の入っていたナップザックは、背後にいた者を殴打《おうだ》し、そのような反撃を食らうとは思っていなかった男は大きくバランスを崩して後ろへ倒れた。すぐ後ろにいた者は、倒れてくる者に仰天し、二人が激突する。そして階段は、二人分の体重を受け止めることはできなかった。びしっと壁に亀裂《きれつ》を走らせて、二人の足の下にあった階段が砕けた。崩れ落ちた階段は、その真下にあった段をのっていた人間ごと押《お》し潰《つぶ》した。落下物の重みに耐えられない階段は、次々に崩れ落ち、壁にさらなる亀裂が走る。バランスを崩して階段の上にしゃがみこんだリンゼは、後ろを振り向かず、立ち上がると最後の階段を駆け上がる。最上部に駆け上がったリンゼは、そうして自分より先にそこに辿《たど》り着《つ》いていた者の姿を見た。ここにそうしていられる者は、ただ一人しかいない。

（――モーリスさん……⁉）

転がっているのは、血に汚れ引き裂けた、若い男のものらしい衣服の残骸《ざんがい》とともにある人間の骨。割って髄まで取り出された骨は、洗われたように白々としていた。数えきれないほどの小さな牙《きば》によって、人間が瞬《また》く間《ま》にこのようになっていく様、その一部始終を、リンゼはミゼルの使徒《しと》となってすぐの頃、見たことがある。

この村に巣食っていたモノの正体を、リンゼは知った。

(みんなが、こうならないうちに……!)

崩れ落ちた段を飛び越えてきた者たちが、次々に最上部の床にのった。誰も汗びっしょりで息が上がり、心臓は爆発しそうな鼓動を繰り返していて、開かれた口は酸素を求めるので精いっぱいだった。リンゼが手に持っているナップザックで、鐘《かね》を襲おうとしていることを見た者たちは、無言のまま、幽鬼のように手を伸ばす。

距離が足りない。機会はこの一度しかない……!

(ジェイ……っ!)

鐘を打ち鳴らすため、大きくリンゼがナップザックを振り回したとき——。


塔《とう》が崩れた。


火種《ひだね》の藁《わら》を薪《まき》に向かって放《ほう》り投《な》げたディケンズは、大きな破裂音に驚き、広場にいた者たちは振り返る。

大勢ののった最上部の床が砕け、抜け落ちる衝撃で、塔はそこから折れて先端を飛ばし、壁に幾つも走っていた亀裂《きれつ》は、塔《とう》を粉々に砕いた。

床が抜けた瞬間に、姿勢を崩しながらリンゼが投げつけたナップザックは、塔が折れたことで遠ざかってしまった鐘《かね》に、わずかなところで届かなかった。

（そんな……）

追いすがってライトコートを掴《つか》んだ人々といっしょに足場を失ったリンゼは、日の光を浴びながら呆然《ぼうぜん》と目を見開き、鐘を見つめる。

（嫌だ……！　諦《あきら》めない！）

ライトコートの左手の袖《そで》を捲《まく》り上《あ》げたリンゼは、そこに取りつけていた小型の弩《いしゆみ》を広げた。所持している矢は、竹だ。距離から見て、矢は相当な威力で打ち出されるが……。

「――我はミゼルの使徒《しと》にして、知の神ミゼルの神聖なる使いなり！」

ライトコートの襟《えり》につけていた、身分証明のメダルを毟《むし》り取《と》ったリンゼは、それにつけられていたリボンで、矢の先端にメダルをつけ、弩の引き金を引いた。

――僕ね、飛行船を造って飛ばすことが夢なんです。

（空……）

そこは今、リンゼ自らが身を置く場所。

――必要ない……!

そう言ったジェイ。

(うん、今ならわかるよ)

人は一人で空を飛び進むことを許されない生き物なのだから。そして飛行船などなくとも、大きな翼はいつでも誰かとともにある。翼を制するには、それだけの格がいる。

(ねぇ、僕は、いつか君の友だちになれるのかなぁ……)

青空に浮かぶ飛竜《ひりゅう》の小さな影を見つめ、リンゼは届かない手を伸ばし、微笑《ほほえ》んだ。

カーン――……。

ただ一度だけ、澄んだ清らかな音を響かせて、聖なる鐘《かね》は鳴った。

ジェイの足元で燃え上がった炎は、空気を熱し、白いコートの裾《すそ》を舞い上げた。持ち上がって斜めになったコートの隠しから、銀の煙草入《たばこい》れが滑り落ち、炎の上に中身が散る。

「…………」

鐘《かね》の音を耳にしたジェイは、熱気に刺激され、ゆっくりと深緑《ふかみどり》の目を見開く。

熱された空気で舞い上げられたコートは、揺らめく陽炎《かげろう》のなか、ジェイの背に白い翼を模《かたど》った。

塔《とう》のなかにいた村人は、すべて倒壊に巻きこまれた。逃げたリンゼを捜そうと、一気に村の外れのほうまで行っていた者たちの耳にも、塔の破裂音は届いた。いったいなんの音だろうかと足を止めた人々は、鐘の音を耳にして、驚いて振り返る。村のどこからでも見えた、丈の高い塔がなくなっていることを知った村人たちは、血相を変えて広場に取って返した。

広場にいて、崩れ落ちる塔に振り返っていた二十名ほどの人々は、ぞくっと身体《からだ》を震わせて、何かを感じたほうに身体を向ける。そこには、足元から立ちのぼる炎に苛《さいな》まれる、天使の姿があった。

（あ……っ）

熱気に煽《あお》られて揺れる、白き翼の幻を目にし、人々は息を呑《の》む。縛《いまし》められたその青年の身体には、確かに水竜《すいりゅう》の形をしたものが存在したが――。

──なぜ……？

それを穢《けが》れた忌《い》まわしいものだと思ったのだろう。水竜《すいりゅう》は、飛竜《ひりゅう》と同じく、この世界に棲息《せいそく》する動物だ。一か所にごく少数だけがいて、滅多に人前に姿を現すことなく、水場の主として神聖視されている。飛竜よりもさらに、人に馴《な》れることはないが、その領域に踏みこんで荒らさないかぎり、人間に危害を加えるようなものではない。

開かれた深緑《ふかみどり》の瞳《ひとみ》、澄んだ輝きを湛《たた》えた瞳は、そのような状況にあってなお、静かに人々に向けられた。隷属することなく、媚《こ》びることをしない、強い瞳。高潔な魂を抱く者は、野蛮で不当な扱いを受けても決して貶《おとし》められることなく、気高いままに存在した。

倒壊した塔《とう》に驚いて、広場に駆けつけた者たちの目にも、火で焼かれようとしている天使の姿は見えた。彼らもまた、膝《ひざ》から力が抜けそうになるほどの衝撃を受けて、足を止めた。

がくがくと震えながら立っていた人々は、酷《ひど》い違和感に襲われて、己の行いを顧みた。あれは本当に、正しいことだったのだろうか──。

(違う……)

悪魔は人の心の動きを敏感に察知する。それを為《な》すことで村人が納得し、平静を取り戻すのならば、聖者のふりをし、悪魔の子を殺してみせただろう。神官は魔を祓《はら》っても、殺すことはしない。神の使いは、力を貸して何かしてくれるわけではない。教えをもたらし、人々を幸福に導いてくれるものだ。無抵抗の者を手にかけることは絶対にない。誰だって、他人に知られたくないことや見られたくないもの、触れられたくないものの、一つや二つを持っている。踏みこまれるのを拒絶することが、魔に通じているからなどと、どうして断言できるだろう。

村人たちは悪魔の使いを火炙《ひあぶ》りにすることで、その苦悶《くもん》する姿を確かめ、焼けただれて死んでいく様を見届けて、安堵《あんど》しようとしていた。清めの炎に責《せ》め苛《さいな》まれるはずの悪魔の使いは、しかし、炎に焦がされることなく、澄みわたった眼差《まなざ》しで人々を見つめている。

残虐な見せ物を心待ちにしていたのは、村人たちだ。非道の行為を望んだのは……。震撼《しんかん》した人々は、忌《い》まわしい存在がどこに隠れていたのかを察した。どれほど後悔しても、やってしまったことをなかったことにはできない。自らの罪を自覚し、逃げだそうとした人々は、天使の翼のずっと向こう、遥《はる》かな高みから迫りくる影に気がつき、目を見開いた。太陽を背に、やってくるのは巨大な飛竜《ひりゅう》。手綱を取り、その背に置いた豪奢《ごうしゃ》な鞍《くら》に悠然と腰を落ち着けているのは、漆黒の髪の男――。

「――！」

それはきっと、贖《あがな》われなければならない罪を象徴するもの。利己的な都合で他人を傷つけ、その命で幸せになろうとした者たちの穢《けが》れた正義を糾弾する、粛清の力を持つ男。彼が来たのではなく、自らの行いが彼を招き寄せてしまったのに違いない。

誰もが彼を知っていた。彼は漆黒の髪と青い瞳《ひとみ》を与えられた、世界でただ一人の男。力と揺るぎない格で他を圧し、殺戮《さつりく》と破壊で蹂躙《じゅうりん》する、華麗な修羅《しゅら》。孤高の身でありながらも、王を名乗って憚《はばか》らない、絶対の男。この場に留まったならば、死ぬことはわかっていた。死にたくはなかった。しかし、天を見上げたまま、誰一人としてその場を去ることができなかった。心臓を鷲摑《わしづか》みにされたように、戦慄《せんりつ》した人々は、膝《ひざ》が震え、腰砕けになって、次々とその場にへたりこんだ。目の高さすら同じにすることはできない、確固たる位があった。

見上げ、平伏《ひれふ》す人々に向かって、飛竜《ひりゅう》の手綱から男は右手を放した。その手のなかに銀の光が凝《こご》り、聖なる斧《おの》の形となる。そして男は不思議の力を持つ銀の斧を、広場に集まっている人々の姿を見つめ、躊躇《ためら》いなく振り下ろした。

閃光《せんこう》があたりを真っ白に染め上げ、大地を揺るがす轟音《ごうおん》が轟《とどろ》いた。

鋭い羽音を響かせて、谷を囲む山々から一斉に鳥が飛び立ち、空が一時、暗く陰った。脆《もろ》くなっていた崖《がけ》が崩れ、土砂が転がり落ちる。

投じられた銀斧《ぎんふ》の一撃により、谷間《たにあい》の小さな村の中心にあった神殿の屋根は爆発するように粉々に吹き飛び、衝撃で広場にあったあらゆるものが倒れた。広場の周囲の森の木々は、泣き叫ぶ女が髪を振り乱すように枝を揺すり、木の葉は爆風で引きちぎれて飛ぶ。平伏《ひれふ》していた人々は爆風を受け、無様に跳ねて転がり、したたかに身体《からだ》を石畳に打ちつけられた。燃え上がっていた炎は薪《まき》から剝《は》ぎ取《と》られ、ジェイを縛りつけていた柱も土台から崩れて薙《な》ぎ倒《たお》された。石畳に投げ出された衝撃で、脆《もろ》くなっていた縄は切れ、ジェイは縛《いまし》めをなくして石畳の上を転がる。石畳にうつ伏せたジェイは、次第にはっきりしてくる頭で考える。

(……なんだ……?)

さっきまで自分の身に起こっていたことが、夢のなかでの出来事のように実感がなかった。拘束され、身動きかなわない姿で、ジェイは陽炎《かげろう》のように揺らめく、熱のない炎に取り囲まれていた。背を向けていたジェイには、上空から迫りくる巨大な飛竜《ひりゅう》の姿は見えなかった。人々が様子を変えたのはわかったが、それがどうしてなのかはわからない。

「……っ……!」

強打された頭が、ずきずきと痛んだ。

(畜生、あの女……!)

目の前に転がっていた銀の煙草入《たばこい》れに手を伸ばし、ジェイはそれを摑《つか》む。

冗談抜きで、手加減なしに殴られた。女も、母親となると根性が据わってくる。あんな

調子で殴られては、下手をすれば死んでいたところだ。自分の身を守ったのだ。追い詰められて
タニヤは、ジェイを悪魔の手先にすることで、自分の身を守ったのだ。追い詰められてのことだろうが、ジェイを悪魔の手先にすることで、とんでもないことである。

(ルミ……、リンゼ……)

悪魔の手先にでっちあげられたのだから、当然、二人も仲間と見なされているはずだ。自分が火炙《ひあぶ》りになっていたという状況から判断するに、あまり楽しい展開にはなっていないのに違いない。二人はどこにいるのだろうかと、ジェイは顔をあげて周りを見る。

瓦礫《がれき》となった石材の破片や、薪《まき》らしい木片の転がる広場には、ジェイと同じように、大勢の人間が倒れていた。わずかに記憶が飛んでいたジェイは、惨状を見て、何か酷《ひど》い爆発があったのだと思い出した。


「――天に、まし……、我、らが神……、願……」

掠《かす》れた声で、誰かが言った。

「――祈りで助かる者などいない……!」

ジェイはきっぱりと断言する。信仰心も敬虔《けいけん》さも、どれほど無力なものであるのか、ジェイは知っている。祈りを捧《ささ》げても、死ぬときには人は死ぬ。その現実はなんら変わらない。祈りは自らを鼓舞し、奮い立たせるためのものであり、誰も行動を起こすことなく

して、望む未来を手に入れることはできない。叶《かな》えられるのはいつでも、力に勝るものの願いだけなのだ。

「神はもう、この世にいない……！」

石畳に腕をつき、上半身を起こすジェイの斜め後ろから、ぶわりと風が吹きつけた。片膝《かたひざ》をついたジェイは顔を伏せ、その姿勢のまま、強い風に耐える。

「神は誰も救わない……！」

「あぁ」

石材の小さな破片を踏み砕く音とともに、すぐ近くから聞こえた、低く響く惚《ほ》れ惚《ぼ》れするほど太い声に、はっと目を見開き、ジェイは振り返る。

陽光を浴び、巨大な飛竜《ひりゅう》を従えて雄々しい彫像のように悠然と立つ、黒い髪の男がそこにいた。身に纏《まと》っているのは、留め具に贅沢《ぜいたく》に宝石を用いた豪奢《ごうしゃ》な白の鎧《よろい》。黒い髪と真珠色に輝くマントが、なよやかに揺れる。

地獄の悪鬼、孤高の修羅王《しゅらおう》の異名をもって世界じゅうを震撼《しんかん》させ、そして聖なる銀斧《ぎんふ》の所有者となり、世界を救った英雄として崇《あが》められるようになった男がそこにいた。

（ディーノ……）

幻ではない――！　これほど鮮やかで、烈《はげ》しさを感じさせる幻はない。理想化されて誇張され、研《と》ぎ澄《す》まされて美化されていく記憶よりももっと、現実の彼は輝かしく雄なる者

だ。そこにいるだけで、空気が変わる。圧倒されて、息をすることさえ苦しくなり、ジェイはそのまま動けない。

彼こそ、ジェイから故郷を奪い、死の淵《ふち》を彷徨《さまよ》うほどの凄惨《せいさん》な傷を負わせた者。穏やかに続くはずだった明日という幻を打ち砕き、過酷な現実に変えた者。仇《かたき》であり憎んでも余りある敵であり、そして挫折《ざせつ》など許すまいとジェイを奮い立たせてきた、唯一の人間。十二年まえのあの日から、ジェイは彼のつけた傷とともにある。

少年の域を脱し、男として見事に完成されたその男は、完璧《かんぺき》という言葉で賛美されるだけでは足りない確固たるものとなっていた。その男の前では、世界すら、崩壊することを許されはしないのだ——。

「…………」

深緑《ふかみどり》の瞳《ひとみ》で、ジェイはその男を見つめた。

美漢とはまさしく、その男を讃《たた》えるためにある言葉。どれほどの贅《ぜい》を凝らしても、その男に美を捧《ささ》げ、その男の風格を形にして見せるには、まだ足りない。熱く焼けた滑《すべ》やかな鋼を思わせ、近寄りがたい野獣の気焔《きえん》を放つ男は、胸を張り威風堂々と立って、顔を動かすことなくジェイを見下ろした。

「生きていたか」

満足した様子で、ディーノは唇《くちびる》の端を持ち上げて不敵な笑みを浮かべた。魂を捕らえて焼き尽くす、凍えた炎を宿した青い瞳《ひとみ》は、昔となんら変わることなく、まっすぐ射抜くようにジェイを見据えた。

耳に届いたその言葉は、鼓膜をじんと痺《しび》れさせて、ジェイの胸の奥深くにまで届いた。世界を統《す》べる賢き麗《うるわ》しの女王トーラス・スカーレンが、自ら軍隊を送り、魔道士《まどうし》までもを使って討伐を命じた賊は、世界じゅうで彼ただ一人である。しかしそれでも、彼の命を奪うまでには至らず、大勢の兵士と高級魔道士を犠牲にし、魔道師エル・コレンティが封じの印《いん》を送って、ようやく捕らえることができた。奪い、殺し、紅蓮《ぐれん》の炎で焼き尽くし、訪れた場所を完膚なきまでに破壊し、世界じゅうを蹂躙《じゅうりん》してきた凶悪な賊であった彼は、その手を多くの者の血で汚してきた。女子ども老人の別もなく、彼は多くの者の命を奪った。彼が剣を振り下ろした者は数えきれないとわかっていたから、ジェイは自分のことを覚えているなどという期待をしてはいなかった。一目見て、あんな言葉がかけられるとは、夢にも思わなかった。

――祈りでは人を救えない。神はもうこの世にいない。神は誰も救わない。

ディーノは、自分がかつて一人の少年に与えた言葉を、忘れはしなかった。それをそっくり口にすることができるのは、あのときの少年、ジェイだけしかいなかった。十二年まえ、ジェイはディーノに見つけられた。泥を塗られ、紛れるように涸《か》れ井戸《いど》の底にうずくまっているところを見つけられ、引き上げられたのだ。添え木のなかに隠してハンカチーフで左腕に結びつけていた水晶竜《すいしょうりゅう》の爪《つめ》を、ディーノは見つけた。ジェイを選び、水晶竜の爪を隠した神官は、たとえどんな脅しを受けようと、水晶竜の爪を守るため、彼にそのことを話すはずはなかった。涸れ井戸は、酷《ひど》くわかりにくい場所にあった。それでもディーノは、見つけたのだ。今も、ジェイの左腕に水晶竜の爪が隠されていることを、ディーノはわかっている。水晶竜の爪がそこにあることはわかったが、たとえなくても、ディーノはジェイを間違えなかった。彼は、死に至るだろう傷を負わせ、生きてみろとディーノが命じた子どもだ。

純粋に実力だけが評価されるため、どんなに強力な縁故があり、媚《こび》を売ろうとも、ミゼルの使徒《しと》にはなれない。血縁者を失い、故郷をなくし、健全な肉体に深い傷を受けて身体《からだ》の自由すら奪われた、非力な子どもは、しかし誰もに認められる者となって、ディーノの目の前にいた。彼は力ではなく、思いやる心と正しさで人々を従わせ、祈りよりも確実に人を救うことのできる、医師という者になった。困難に敢然と立ち向かい、見事に克服して、あの澄んだ清らかな瞳《ひとみ》のまま、立派な大人となってそこにいた。これが愉快でないはずがない。

にやりと不敵に笑ったディーノから、ジェイはたまらず、目を逸《そ》らした。やはりこの男は、すべて知っている。大神官長や魔道師《まどうし》ですら、知ることのできなかったことを――。

十二年まえ。ディーノは水晶竜《すいしょうりゅう》の爪《つめ》が細い木のなかに隠されていたことを見抜き、剣の一撃でそれを暴《あば》いた。衝撃で割れ砕けた木とともに、一本の水晶竜の爪は、細長く薄い五つの片と、指ほどの大きさの小片になった。あまりにも呆気《あっけ》ない出来事に、唖然《あぜん》とするしかないジェイに、ディーノは笑って、本物の神具など存在しないと言った。妄信《もうしん》の愚かしさを、残酷な方法で見せつけた。そのとき、水晶竜の爪を取り返そうとしたジェイには、それが本物の神具でも偽物《にせもの》でも、どちらでもよかった。それを守りたいと強く願った者たちがいたから、無頼の徒などの穢《けが》れた手に渡すわけにはいかなかったのだ。悪戯《いたずら》な言葉に惑わされるだけの余裕など、ジェイにはなかった。

神の戦士か否《いな》か。水晶竜の爪は、その審判の結果、神の戦士と認められた者にのみ、受け継がれる。真実を見抜く鋭さを持ったディーノは、茶番である無駄な座興につきあうような男ではない。水晶竜の爪をジェイに預け、審判をさせようなどと思ったディーノは、これが本物であるとわかっていたのだ。

魔道士に見つけられ、王都に運ばれて治療を受けたジェイから、水晶竜の爪は取り上げられた。いくらジェイの生まれ育った町で祀《まつ》られていたものだといっても、聖書に記されているような由緒《ゆいしょ》ある神具が、十歳の子どもの手にあっていいはずはなかった。然《しか》るべき者が正しく管理するように、ジェイから取り上げられて、当然のものだった。しかし水《すい》晶竜《しょうりゅう》の爪《つめ》は、五年まえ、預けるという形でジェイに渡された。所持するからには、ただ荷物になるだけでなく、役立てられるようにと、水晶竜の爪は黒い革の手袋に隠された武器になっていた。肌身離さず身に着けること。それがジェイに与えられた、ただ一つの条件だ。

救出されたとき瀕死《ひんし》の重傷だったジェイは、生き残ることが最大の試練だった。執念で命を繋《つな》ぎ留《と》めたジェイを、医療に携わる者たちは助けてくれた。だが、公共機関で働く大人たちがしてくれたのは、ジェイを未来に送り出すための手助けだけだ。ジェイの故郷は、盗賊が訪れるまでは、祀《まつ》ってある水晶竜の爪を一目見ようと、神を敬う敬虔《けいけん》な人々の訪れる有名な場所だった。新しく発行された巡礼読本には、あの町がなくなったことが記されているが、以前に手に入れた古い物をそのまま使っている者も、世界には大勢いる。無残に滅ぼされた町のことを知らず、訪れる者たちが怪我《けが》をしたりしないように、破壊され火をかけられて焼き払われた町の残骸《ざんがい》は、速やかに片づけられた。すっかり清められたそこには、町がなくなったことを知らせる石板が置かれ、遺跡となった神殿と、再建された廟《びょう》だけが残った。遠く離れてしまった故郷を一目見ることすらできず、遺品らしい物を何一つ持たなかったジェイは、断るはずもなく、水晶竜の爪を受け取った。

水晶竜《すいしょうりゅう》の爪《つめ》を取り上げられた理由は、子どもだったジェイにも簡単に理解できた。しかし、預けられたことについては、納得いかないものが残った。これが七年以上まえ、世界崩壊の危機が訪れるまえのことなら、お尋ね者である凶悪な盗賊を捕らえるための罠《わな》とも、考えることができただろう。しかし、世界崩壊の危機に、聖光によってディーノは世界を救う聖戦士に選出され、見事それを成し遂げた。わずかのあいだに、世紀の悪党は英雄になった。皆は丁重に彼をもてなし、望むままのものを与えることが当然となっている。水晶竜の爪を欲《ほっ》するディーノのためには、ジェイが正式な審判者になることが妥当なのだが、それは叶《かな》わなかった。神官候補生として学んでいた頃の知識と技能だけでも十分なものがあったはずなのに、何度試験を受けても、一般級の神官の資格すら、ジェイには与えられなかった。

神官の資格を持たないジェイは、どんな小さなことであっても、公的に神事に携わることはできない。水晶竜の爪を与える審判の儀式は、一般級の神官の資格に加えて、上級の特別な資格が必要だ。しかし、そのための勉強は、一般級の資格すら取得できない者には、まったく縁のない話だ。

ディーノはジェイに審判をさせようと言った。それが本物の神具であり、審判を行う神官になることのできる者であると見たから、ジェイに水晶竜の爪を預けると言ったのだと、ジェイは思った。幼心に、そう信じて疑わなかった。

た。水晶竜《すいしょうりゅう》の爪《つめ》はジェイに渡された。そして、水晶竜の爪は神具として祀《まつ》られなくなった。

十二年まえ、ジェイのいた町に来たディーノは、水晶竜の爪の継承者となる神の戦士か否《いな》かの審判を行っていた神官、ランスリールに逢《あ》っているはずだ。審判を行う際に、水晶竜の爪は必要ない。ジェイとともに隠されようと、審判を行うのに支障はない。神官ランスリールは、たとえどのような者であっても、相手が望むのならば、審判を行っていた。神の戦士になれない者は、すべて命を落とした。何千年もまえ、水晶竜の爪が祀られるようになってからずっと、ディーノが来る以前にも、不埒《ふらち》な連中が訪れては、神の罰を受けて次々に命を落とした。そして、神官は死に、ディーノは生きている。それは恐ろしい推測だったが……。

「……おまえは十二年まえに、審判を受けたのだろう……⁉」

確かめずにはいられない。俯《うつむ》いて震えながら、ジェイはディーノに尋ねた。

第七章　変化

　くっくっと喉《のど》を鳴らして、ディーノは笑う。

「あぁ」

　世界を崩壊から救うことまでできた男が、神の戦士になれないはずがない。継承者ならば、水晶竜《すいしょうりゅう》の爪《つめ》がどこにあるのかなど、わかって当然だ。

　水晶竜の爪は、審判によって認められた正当な継承者に渡されねばならない。たとえ誰が納得できなくても、それが神の意思なのだ。

　ゆっくりと顔をあげたジェイに、ディーノは言った。

「俺は神の戦士になど、なるつもりはない」

「だったら、なぜ⁉」

　かっとなったジェイは、眉《まゆ》を吊《つ》り上《あ》げてディーノに怒鳴る。町は滅ぼされた。あの町の人々は死んだ。審判を行うためにジェイが生き残る必要など、なかったのではないのか。

　ディーノの背後にいた巨大な飛竜《ひりゅう》が、ついと首を動かした。

「自分で知るがいい」

ディーノの、響きのいい太い声に刺激されたのではなく、ぞくりとジェイの背筋が震えた。前を見つめるディーノの視線を追うように、顔を動かしたジェイは前を見る。

巨大な飛竜《ひりゅう》に乗って広場に降下したディーノに恐れをなし、腰を抜かしたまま許しを乞《こ》い、這《は》って逃げようとしていた村人たちが、次々に血飛沫《ちしぶき》をあげて倒れていく。己《おの》が目を疑う恐ろしい瞬間を目撃した者たちの口から、悲鳴があがる。

それは身体《からだ》の内側から、破裂するように。身体の一部を、突然、ぼこりと倍ほどの大きさに膨れあがらせ、血と肉片を吹き飛ばして。

四肢《しし》がちぎれ飛び、噴水のように血が噴きあがり、誰のものだか判別できないものが、降りかかる。

一瞬にして、阿鼻叫喚《あびきようかん》の巷《ちまた》と化した凄惨《せいさん》な光景に、ジェイは目を剝《む》く。

「な……っ⁉」

こんな病気は、見たことも聞いたこともない。しかも、異変が起きているのは、広場にいる者たちだけだ。広場の外にいて、これを目撃した者たちは、恐慌《きようこう》を来《きた》し、甲高い悲鳴をあげながら逃げだす。仰天するジェイに、ディーノは笑う。

「貴様はこのためにここに来たのだろう？」

言われて、ジェイはどきりとする。そう。ジェイは何かを感じ、ここに来た。水晶《すいしよう》竜《りゅう》の爪《つめ》は、ジェイに何か、異変らしきものを知らせていた。

飛沫《しぶき》あげた血が散って、空気に赤い霧が混じる。広場を満たしていくのは、嘔吐《おうと》を促す、生々しい血の臭《にお》い。最初に頭が吹き飛んで、一度で絶命した者は、幸せだ。肩や腹を弾《はじ》けさせ、叩《たた》きつけられるように石畳に倒れ、恐怖で泣き叫びながら、足や腕を破裂させていく者は、身を苛《さいな》む激痛に気を失うこともできないまま、崩壊していく自分の身体《からだ》を眺めるしかない。人間の身体に、これほどの量の血があったのだろうかと目を疑いたくなる勢いで、広場の石畳は血を被《かぶ》り、真紅に染まっていく。

「――いやあああぁぁぁぁ！」

鋭い声で叫んだのは、石畳に座りこんでいたタニヤだった。両手で頭を抱えこんだタニヤは、狂おしい様子で、激しく首を左右に振る。誰のものだかわからない血を四方から浴び、脳漿《のうしょう》や体液、肉片でどろどろに汚れていたが、しかしタニヤはまだ無傷だった。何が起こったのか、わからない。しかし、ジェイもディーノも、後ろにいる巨大な飛竜《ひりゅう》も、あのような異変はまったくない。

腰を上げ、タニヤのもとに駆け寄ろうとしたジェイの左腕を、ディーノが摑《つか》んだ。

「！」

鉄の枷《かせ》にも等しい、強い腕に引き止められ、ジェイは驚いてディーノに振り返る。世界に君臨《くんりん》する絶対の支配者の口調で、ディーノはジェイに命じた。

「見ろ」

抗《あらが》うことなどできず、ジェイはディーノが促したものに、深緑《ふかみどり》の瞳《ひとみ》を向ける。

タニヤの叫びは、絶叫へと変わった。顔をあげて天を仰ぎ大きく開けられた口からは、耳を覆いたくなる、凄《すさ》まじい絶叫が途切れることなく続き、両目は張り裂けんばかりに見開かれ、眼球がぐるりと上を向く。ゆったりした衣服の下、優しい膨らみのある腹部が、ぼこりぼこりと波打ち、そして——。

女の腹を割き、その内側から、血に塗《まみ》れた真っ黒いモノが姿を現した。

ぼたぼたと重く粘ついて滴《した》たり落《お》ちる、どす黒い血の糸を引きながら現れたモノは、蜘蛛《くも》よりも蟹《かに》に似た、節だらけの醜悪な脚を何本も持ち、その胴体らしき部分の上に、潰《つぶ》れた犬の頭部に似たものがのった異形の存在——。

全身の産毛《うぶげ》が、ぞっと逆立った。

(あれは……)

その形のモノを見たことはないが、系統を同じくするモノを、ジェイは知っている。

(黒精霊……!)

神話の時代、神々が戯《たわむ》れに造った、醜くおぞましい命。小さなモノは闇《やみ》に追い払われたが、悪戯《いたずら》に大きな力を与えてしまったモノの多くは、押しこめて隠すようにして、世界のあちこちに封じられた。神が地上を去るときに、その場所には神殿と鐘《かね》を吊《つ》った塔《とう》が建てられた。

ここは、黒精霊を封じていた場所。呪《のろ》わしい封印を打ち破り、外に逃れ出ようと、黒精霊は何千年にもわたって、虎視眈々《こしたんたん》と機会を狙《ねら》っていたのだ。人々の記憶から、この地のことが忘れ去られるように仕向け、間接的な手段で鐘が鳴らないようにし、少しずつ少しずつ力を蓄えて。

世界崩壊の危機のとき、封印が弱まったのを利用して、黒精霊は人間をここに迷いこませた。十分な恵みを与えて健康に暮らさせ、箱庭のような空間で、人間を飼ったのだ。この谷間は日照時間が短く、土地も痩《や》せていて、決して楽園のような暮らしのできる場所ではなかった。土地や家畜を肥やしたのは、黒精霊の力だ。醜悪であり、血と肉を好む忌《い》まわしいモノであるが、黒精霊は精霊と同じ力を持っている。力の大きな黒精霊なら、なおのこと、恵みをもたらすことなど造作もない。水に混ざり、作物に混ざり、黒精霊の気は人間の身体《からだ》のなかに入りこみ、その精神を蝕《むしば》んでいった。神の力の及ばない新しい存在を求めて、黒精霊は女たちの誰かに、赤ん坊ができるのを待った。

黒精霊の罠《わな》にかかり、侵されていく思考のなかで、人々は漠然とだが、身に迫る危険と真実を察知していた。だから無意識のうちに人はその行為を避け、新しい命が育まれるようになるまでに、七年もの年月を要したのだ。タニヤの子を悪魔の子と呼んだのは、間違いではなかった。人々が救われたいと希求していたのは、真実だ。それが黒精霊の新しい肉体を構成する核になるとわかってしまったから、モーリスは黒精霊の力を抑えるために、鐘《かね》を鳴らそうとして家を飛び出した。しかしモーリスは鐘を鳴らすまえに、小さな黒精霊たちに襲われ、喰《く》われた。崩れやすく危険な塔《とう》は、しかし死に物狂いの覚悟なら、上れないものではなかった。

黒精霊の気を取りこんでいたから、村の者たちはジェイの煙草《たばこ》を毛嫌いした。悪戯《いたずら》な妖《よう》精《せい》や精霊を近づけないように、熟考して葉が合わされていた、特別な物だったため、黒精霊はこれを嫌悪《けんお》したのだ。

十分に持っていたので、ジェイたちは食料を分けてもらう必要もなかったし、水を汲《く》まなくても、足りていた。これによって、この村にある、黒精霊の気を帯びたものを、ジェイたちが体内に取りこむことはなかった。飲食物から黒精霊の影響を受ける危険を、回避したのだ。

ジェイを火炙《ひあぶ》りにしようとして、積み置かれた薪《まき》の木も、ジェイを縛った縄も、黒精霊の気を帯びていた。だから、火の上にばらまかれたジェイの煙草に反応した。燃やされた煙草はジェイの身を、黒精霊の気が含まれたものから守る膜を作った。

偶然だった。しかし、間のよすぎるそれを、すべて偶然で片づけることは、きっと難しい。ジェイは、来るべくしてここに辿《たど》り着《つ》き、守られるべき存在だった。

石畳の隙間《すきま》から、羽の生えた前肢《まえあし》のない蛙《かえる》や、たてがみのある赤い一つ目のトカゲが、ぞろぞろと這《は》い出《で》てきた。それら、無数の小さな黒精霊たちは、石畳を濡《ぬ》らした血を啜《すす》り、飛び散った脳漿《のうしょう》や体液を舐《な》め取《と》り、肉片を求めて、まだ温かく血をしぶかせている人間の身体《からだ》に喰《く》らいつく。

チイチイチイチイ、キチチチチチチ……。
キチュキチュキチュ……。

腹から異形の輩《やから》をはみ出させた女の身体は、ずるりと後ろ向きに倒れていった。異形の輩は、傾《かし》いでゆく女の身体から、ずるずると、さらに自分の身体を引き出す。女の内にいたモノは、決して胎児の大きさなどではなかった。昆虫が羽化するときのように、縮めていた節をすべて伸ばした姿は、母体である女よりも大きい。

広場に現れた小さな黒精霊たちは、ずるりと倒れたその女にも群がった。小さな黒精霊は女を喰らい尽くし、そしてその後、あの、女の腹から出てきた異形の輩にすべて喰らわれるのだ。

「一度きりだ。忘れるな」

聞こえたディーノの声に、はっとしたジェイは、彼の手が自分から離れていたことに気がついた。振り向いたジェイは、ディーノの手に握られているものに、目を見開く。

ディーノの手には、神々《こうごう》しく輝く水晶竜《すいしょうりゅう》の爪《つめ》があった。十二年まえに、目の前で失われたはずの、一本の完全な形で。

驚いているジェイの心臓を、ディーノは水晶竜の爪で突き刺した。

「……っ！」

衝撃で息を詰まらせたジェイの膝《ひざ》から、がくりと力が抜ける。倒れることを許さず、ディーノは片手でジェイの身体《からだ》を支え、その耳元に唇《くちびる》を寄せる。

「――――」

間近で囁《ささや》かれたのは、古い……、古い言語。神々がまだ、この地上にいた頃の。

古い言語で囁かれた言葉は、耳から直接、ジェイの魂に触れる――。

そしてディーノは、心臓に突き刺した水晶竜の爪を、すべてジェイの胸に押しこんだ。

身体を貫く長さのあるそれは、しかしジェイの背を突き抜けて出てくることはなかった。

にやりと笑ったディーノは、ジェイから離れる。

大きく目を見開いたまま、ジェイはゆっくりと膝《ひざ》をつく。

片手をあげ、巨大な飛竜《ひりゅう》に合図を送ったディーノは、屋根が吹き飛んで半壊した神殿に入り、玉座であるかのように、その祭壇に悠然と腰を下ろした。巨大な飛竜は、神殿の柱の上にとまる。

ディーノは青い瞳《ひとみ》で、ジェイを見つめる。

衝撃で意識を飛ばしたジェイは、どこか知らない暗い町のなかを走っていた。

(早く……!)

よくわからないが、急がなければならない。ここは濃い血の臭《にお》いがする。ここは……、よくないところだ……。

知らない場所だったが、どこに向かえばいいのか、なぜだかジェイは知っていた。だから、とにかく急いで走っている。血で汚れた剣が重い。息が上がって、熱く苦しい――。

建物の角を曲がったところで、ジェイは誰かとぶつかりそうになり、慌てて身を翻《ひるがえ》した。背中を向けてそこに立っていた男は、一拍遅れてジェイに気がつき、振り返る。暗くてよく見えないが、その男も手に剣を持っている。誰かの命を奪った直後のように、剣の先から血が滴《したた》り落《お》ち、石畳を汚す。

ジェイに気づいて振り返った男は、剣の先から血を滴《したた》り落《お》としながら、ジェイに向かって歩いてくる。

（………）

整わない苦しい呼吸のまま、ジェイは剣を握り、よく見えない相手を見つめる。周りには、無残に斬《き》り殺《ころ》された者たちの遺体がごろごろと転がっていた。女や子ども、老人の区別なく、殺されている。手に持っているのは、真新しい血で汚れた剣。覚えていないが、自分もそうして、誰かを手にかけてきたのだろうと、ジェイは思う。殺さなければ、きっと死んでいた――。

「………」

近づいてきた者は、何も言わず、ジェイのすぐ近くまで来て足を止めた。ぎらぎらとした凄《すさ》まじい殺気を放ち、ジェイと向かい合う。怖い。恐ろしい。死にたくない――！

そうして、唐突にジェイは思った。

（あぁ……）

間違いない。

（こいつは……俺だ……）

対峙《たいじ》しているのは、もう一人の自分――。

それは、石畳に膝《ひざ》をつくまでの、わずかの間にジェイが見た幻。

水晶竜《すいしょうりゅう》の爪《つめ》を求めた者の、誰もが同様の夢を見た。まず生き残り、そして……。

左手の手袋のなかから、水晶竜の爪は消えていた。石畳に膝をついたジェイは、背を丸め俯《うつむ》いて、両腕で自分の身体《からだ》を抱く。息は浅く荒くなっていたが、ジェイの喉《のど》からは空気の擦《こす》れる以外の音は出なかった。

(熱い、熱い、熱い……)

身体じゅうの細胞が沸騰しているように、全身が熱い。見えているのに、聞こえているのに、それを知覚できない。水晶竜の爪を突き入れられた心臓から、送り出される血が変わる。別のものになって、身体を巡り、身体を別のものに作り替えていく——。

水晶竜は、銅の時代に、神の戦士に仕えるために作られた、伝説の聖獣。真珠色をした飛竜《ひりゅう》。

淡い真珠色の輝きに包まれたジェイは、一頭の飛竜に変化していた。

(これは……、呪《のろ》いだ……)

遠くなる思考の波間に揺れながら、ジェイは思う。神の戦士は、決して英雄などではない。人間でありながら、神の側に立った裏切り者。神の意思にそぐわないものを排除するための、斥候。だから、神の戦士に子孫はいない。魂の眠る廟《びょう》はあっても、墓はなく、残されたのは、ただ一本の爪《つめ》だけ――。

現実味がなかった。ジェイの意識は人間のままで、身体《からだ》の形が変わった気もしない。ただ、自分の身体と重なって、透き通るかのような真珠色をした飛竜《ひりゅう》の形が見える。身体を動かすと、幻のようなそれも、同じように動く。

腹の底から何かが迫《せ》り上《あ》がってきて、ぐっと喉《のど》が詰まった。あまりの苦しさに俯《うつむ》いていられなくなり、ジェイは顔をあげてそれを吐き出す。

「ケシャアアアアアアアッ……！」

ジェイの喉を押し広げ、零《こぼ》れ出《で》たのは、獣の咆哮《ほうこう》。びりびりと空気が振動し、草木の葉が震えた。

産声《うぶごえ》をあげた水晶竜《すいしょうりゅう》を、ディーノは眺める。

「ふ……」

唇《くちびる》の端を持ち上げたディーノは、水晶竜《すいしょうりゅう》を眺めながら、別の場所に呼びかける。

「出てこい」

気配があったわけではない。しかし、そこにいることがわかった。

「——手荒なことをするね」

何もなかったはずの場所、ディーノが腰を下ろした祭壇の陰から姿を現したのは、青紫の法衣を纏《まと》う高級魔道士《まどうし》の少年だった。

知り合いなら、もう少し加減すればいいのに。しかし、そうして酷《ひど》い様を見せつけるのも、彼なりの優しさなのかもしれないと考えると、自然と笑みが零《こぼ》れた。世は彼を英雄と讃《たた》えるようにはなったが、人々の心の奥にはまだ根深い恨みの心が残っている。友だちだと思われると、辛《つら》い目に遭うかもしれない。

聞こえた若すぎる声に、ちらりと青い瞳《ひとみ》を向けたディーノは、むっと眉《まゆ》を顰《ひそ》める。

「なんだ？　その格好は」

不機嫌なディーノの横に立ち、少年魔道士はにこにこと微笑《ほほえ》む。

「うん。ちょっと貸してもらったんだ。様子を探ることから始めたかったから」

「ふざけるな」

ぎらりと物騒に輝く青い瞳に、少年魔道士は軽く肩を竦《すく》める。

「わかった」

　少年魔道士《まどうし》は両手を動かして、胸の前の空中に滑らかに印《いん》を描く。そうして胸に当てるようにして両手を握り、目を閉じて顔を俯《うつむ》けた少年魔道士の法衣の背中が、ふうっと膨らむ。法衣のなかに隠れていたように、少年魔道士の襟足《えりあし》の部分から、金色の頭がもう一つ現れ、少年魔道士の背中から離れて、一歩後ろに下がる。胸の前で握られて、一度袖口《そでぐち》に隠れた少年魔道士の手は、その形のまま、それよりいくらか大きな手に包まれて現れた。背後から現れた者が膝《ひざ》を伸ばして立ち上がるのと同時に、青紫の法衣は背後にいる者の背に引っ張られるように少年魔道士から離れた。高級魔道士をしていた少年は、法衣を脱いだ本来の格好になって、青紫の法衣をマントのようにして肩で留めた、青銅色の鎧《よろい》を着た青年の腕に背後から腕を回されて抱きしめられ、静かに目を開く。少年に隠れていたのは、金色の髪の聖魔道士の青年。ディーノの視線がないことを確かめてから、少年の襟足にいた小さなものが、きらきらした光の粉を振りまきながらレイムの襟足に飛び移る。

　目を開けた少年は、すぐ間近にいるディーノに気づき、その格好のままでお辞儀する。

「ご機嫌いかがでございますか？　いつもうちの主人がお世話になっております」

　同じ口から発せられた声でも、その調子はさっきまでとはまったく違っていた。お行儀よくディーノに挨拶《あいさつ》する少年に、レイムは赤くなって慌てる。

「それは、いいから……」

　神殿の外の広場では、肉体を内側から何か所も破裂させた人間に、小さな黒精霊が群がって喰《く》らう血腥《ちなまぐさ》い光景が繰り広げられていた。女の腹を割いて、新しい肉体を得て生まれ出た黒精霊が、ずるずると身体《からだ》を外に引き出している。

聞きたかったのはこっちの声だが、相変わらずの緊迫感のなさに、ディーノは萎《な》えそうになって、一つ息をつく。柱の上にいた巨大な飛竜《ひりゅう》が、座り直すように、とまっていた柱の上で身じろぎする。

「ありがとう、ヒナくん。先に帰っていてね」

「はい、レイム様」

聖魔道士《せいまどうし》は優しく少年の頭を撫《な》で、穏やかに微笑《ほほえ》み交《か》わしてから、退去の印《いん》で少年を領地へと送り返した。

ずるんと女の腹から、身体のすべてを引き出した黒精霊は、真珠色の飛竜を瞳《ひとみ》のない黄色い目で睨《にら》む。

「――テザール・ブルガン……？」

「あぁ」

黒精霊の名を呼んだレイムに、ディーノは頷《うなず》いた。

「少し、形が違うね」

澄んだ翠《みどり》の瞳《ひとみ》で黒精霊を見つめ、レイムは思案して眉《まゆ》を顰《ひそ》める。念のために、城の書庫にあった古い文献で確かめてきたのだが、記載されていたものと、特徴が違う。

「生まれ変わったわけだからな」

人間の目には判別できないほど、小さく小さく分裂し、少しずつ人間の身体《からだ》のなかに入りこんで。溜《た》めこまれる毒素を真似《まね》て留《とど》まり、ずっと人間の内に潜んでいた。そうして黒精霊は、神の祝福を受けるまえの、新しい命を一番最初の贄《にえ》にして、再びこの世に生まれ落ちた。人間を谷に迷いこませてから七年。封じられていた七千年の月日と比べると、それは瞬《まばた》きするよりも短い時間だ。

「ギヒィイイイ！」

体液と黒い血の混じる粘りけのある糸を引き、強酸の含まれた涎《よだれ》をぼたぼたと垂らしながら、黒精霊テザール・ブルガンは哭《な》いた。蟹《かに》に似た何本もの脚の先にある鋭い爪《つめ》が、血で汚れた石畳で、がちがちと音をたてた。涎と爪先《つまさき》からしみ出てきた強酸に冒《おか》されて、石畳は黒ずみ、瞬《またた》く間《ま》にぼろぼろになる。

憎しみに満ちた黄色い目に睨《にら》みつけられたジェイは、ふつふつと激しくたぎるそれに、吐き気がするほどの嫌悪《けんお》を感じた。ジェイ自身に、黒精霊にそのような恨みを抱かれる覚えはない。吐き気がするほどの嫌悪《けんお》は、ただ醜悪であるからという理由ではない。あれが存在自体を否定された、忌《い》むべき生き物であるからだ。水晶《すいしょう》竜《りゅう》であるジェイを仇敵《きゅうてき》とみなした黒精霊は、ジェイから目を逸《そ》らさなかった。黄色い目は言葉よりも雄弁に語っていた。殺さなければ殺される。それは、疑いようのない事実だ。水晶竜に変化しているジェイは、テザール・ブルガンから目を逸らさずに、静かに立ち上がる。

「……話し合いは、やっぱり無理だよね」

レイムは小さく溜《た》め息《いき》をつく。異変を察知したものの、手出しができなかったのは、穏便に事をすませられないと確信したからだ。

「あれに知性などない」

テザール・ブルガンを見つめ、ディーノはにべもなく言い切った。和解できるような相手ならば、精霊魔道士《まどうし》たちが来ただろう。精霊魔道士は、自然と生き物が仲良く暮らしていけるよう、仲立ちをする。傷ついたもの、穢《けが》れてしまったものを癒《い》やして清め、共存の手助けをする者たちだ。ほかの黒精霊には、溶岩のなかや雪山の奥地を住《す》み処《か》にするモノや、地面や水のなかを住み処にするモノもいたが、テザール・ブルガンにはそれはできなかった。人間と同じような条件で、強酸の含まれた体液を持つ生き物が生活できる場所は、世界のどこにもない。封じられている状態であれば、何もしなくても生きながらえることができるが、精霊も黒精霊も妖精《ようせい》も、命を繋《つな》ぐものが必要になる。清らかな気を糧《かて》にするものは、自然に恵まれた大地に行けばそれでいい。好みの花や水を求めるものは、それがふんだんにある場所に行けばいい。具合のいい場所がなくても、精霊魔道士《まどうし》はそのような場所を作って、移住できる手伝いをする。だが、テザール・ブルガンが必要とするものは、生きている人間だった。遭遇できたことに歓喜し、力で蹂躙《じゅうりん》するように、人間を喰《く》らう。満腹空腹の感覚がなく、どれだけ喰らっても満足しない。爪《つめ》や牙《きば》から滴《したた》る強酸性の液のせいで、テザール・ブルガンの通った跡は、しばらく草一本萌《も》えず、生き物は近づくことはできない。テザール・ブルガンは昼夜を問わず行動し、柵《さく》も壁も破壊されて役に立たない。しかも、精霊や妖精全般と同じく、機嫌を損ねると呪《じゅ》をかける。黒精霊避《くろせいれいよ》けの草花も、テザール・ブルガンが近くを徘徊《はいかい》すると、土が強酸にやられてしまうので、役目を果たさなくなるのは時間の問題だ。飢えて襲うわけでもなく、強酸を利用して生きていないので、魔道による結界は、ごく自然体であるテザール・ブルガンを阻《はば》むことができない。何をしようという意図がなくとも純然たる破壊者であり、何も傷つけることなく共存できない存在であるテザール・ブルガンは、封印されるしかない生き物だった。神によってこの世に生み出されたこと自体が、間違いだったのだ。

強酸による被害がほかに及ばないよう、レイムは魔道で谷に結界を張って村を囲み、結界の内側は、この広場以外の場所に黒精霊避けの植物を配してきた。どちらも時間稼ぎの方法だが、ないよりはましだ。
神によって造り出された挙げ句、封印されてしまった黒精霊を占めているものは、純粋な怒りだった。発散することなしには終わらない凶暴な怒りは、宥《なだ》めて癒《い》やすことなどできない。癒やされることを望んでいないものに、安らぎを与えても、かえって反発を生む。鎮《しず》められたくないときに鎮められても、無理やり鎮められたことに対して、抑圧されたものは増すばかりだ。聖魔道士《せいまどうし》の力をもってしても、テザール・ブルガンの心に触れることはできない。

「殺せ」

ジェイに向かって、ディーノは言った。それがこの趣味の悪い茶番を一刻も早く終わらせることのできる、唯一の方法だ。神は命を奪わない。命を奪われなかったから、テザール・ブルガンは七千年ものあいだ、封印されなければならなかったのだ。命を奪われていたならば、テザール・ブルガンはこれほどの長きにわたって、苦しみを抱き続けることはなかった。残酷な運命を強いたのは、神だ。黒精霊はずっと神を恨み、呪《のろ》っていた。しかし神は、尊敬され慕われることを望んでも、恨まれたり呪われたりすることを嫌悪《けんお》する。神の戦士は——、神に反抗するいかなるものも排斥しなければならない。

距離を隔ててしまった今、届くはずのない声に、しかし、水晶竜《すいしょうりゅう》は小さく翼を動かして応《こた》えた。

第八章　死闘

他人がどれほど傷つこうとも平気だが、我が身は可愛《かわい》い不届き者は、適当なところで判断して、相手に止《とど》めを刺すか、逃げるかする。特定の誰かに執着しない悪漢の多くとは、二度と逢《あ》うことはない。面倒なのは、殺害を目的とし、どれほどの痛手を被ろうとも諦《あきら》めない、狙《ねら》う相手を定めている者だ。

ミゼルの使徒《しと》として回国《かいこく》の活動を行っていると、その途中で危ない目に遭うことはよくある。切れ味のいい刃物を所持し、腕のいい剣客ではあるが、どんな状況にあっても、ジェイは基本的には他人を傷つけたくはない。口癖である、死ね殺すの言葉は、あくまで不快であると主張しているのにすぎない。黒魔道《くろまどう》を用いる者だけは、その穢《けが》れた身に相応《ふさわ》しい末路を辿《たど》ることになるが、どんな凶暴な相手であっても、直後のダメージは大きいが、その後に機能に障害が残らないようきちんと考慮して、ジェイは攻撃を加えている。いくらか甘さの残るジェイの行動を補ってきたのは、ルミだった。

——近づくと、死ぬよ。

ルミは警告を与え、それを無視した者はすべて、自分から死んだ。その者にルミは、いつだって指一本触れてはいない。目を瞑《つぶ》って、じっとしているあいだにも、愚かな輩《やから》は自分の意思で命を落とすのだ。突いたり刺したり絞めたり誰かに命じたりせず、いつでも受け身の立場にいるから、たとえ目の前で何人死のうとも、ルミには罪悪感はない。殺害を目的とする相手と出会ってしまった場合には、ジェイが手を汚さなくてもいいように、必ずルミが手を貸してくれた。しかし今、ここにルミはいない。

「ギイイイイイィ！」

憎しみのこもった黄色い目で睨《にら》みつけてくる黒精霊、テザール・ブルガンは、まさしく、一番面倒で嫌な相手だった。しかも、目を合わせた瞬間を逃さず、テザール・ブルガンは水晶竜《すいしょうりゅう》であるジェイに、呪《じゅ》をかけていた。黒精霊の呪を受けた者は、世界じゅう何処《ど》に行こうとも捜し出され、決して逃れることはできない。この呪を解くには、憎悪《ぞうお》されない存在になるしか方法はない。和解するか、どちらかが死ぬか。憎悪の塊であるテザール・ブルガンのような黒精霊には、和解などということは絶対にない。死ぬのが嫌なら、殺すしかない。ジェイは一人で、戦わなければならない。それは自分のためであり、世界の協調のためであり、そしてこの黒精霊のためだ。たまたまこの時代にジェイが生きていて、この場に来てしまったから。誰でもよかったはずの役目は、ジェイに割り振られた。

キチチキチチキチ……。
ギュギュ、ジジジ……。

ばらばらになった人間を喰《く》らっていた小さな黒精霊たちは、自分がいる場所の近くに喰らうものがなくなってくると、次々に襲いかかり、共喰いを始めた。そうして小さな黒精霊は少しずつ大きな個体となって、数を減らす。飲料水等に紛れて人間に取りこまれていたテザール・ブルガンの細胞が、喰らわれることによって寄り集まり、小さな黒精霊たちは徐々に形を変え、テザール・ブルガンの分身と呼ぶに等しいモノへとなってゆく――。

「ギヒイイイッ!」
肌を粟立《あわだ》たせるような、不快極まりない声でテザール・ブルガンが哭《な》いた。

(――!)
(――!)
(――!)

ひしひしと伝わりくるのは、どす黒い憎悪《ぞうお》。黒精霊に憎まれるべきは、これを創造し、封印した神であり、ジェイではなかった。しかし、もしもディーノによって水晶竜《すいしょうりゅう》に変化させられていなくても、ジェイは水晶竜の爪《つめ》を手放さなかっただろうから、神の匂《にお》いのする水晶竜の爪を所持しているために、ジェイはやはりテザール・ブルガンの憎しみの対象となり、対峙《たいじ》することになっていただろう。人間の身ではなく、水晶竜であることは、黒精霊と対峙するジェイにとっては有利なはずだ。

水晶竜を睨《にら》んでいたテザール・ブルガンが、強酸で腐食《ふしょく》した石畳を蹴《け》って跳んだ。

「ギュイイイッ！」

「シャアアアッ！」

襲いかかるテザール・ブルガンに、身を翻《ひるがえ》した水晶竜が左前肢《ひだりまえあし》の鋭い爪を振り上げた。姿形はまったく変わり、意識も半分飛んでいるような状態だったが、水晶竜のその動きは、人間であるジェイのものだった。繰り出された水晶竜の爪は、一撃でテザール・ブルガンの脚の一本を、関節部分から切り飛ばす。斬れたテザール・ブルガンの脚から飛び散った強酸を含む体液が、水晶竜に振りかかり、じゅっと嫌な音をたてる。鋭い哭き声《ごえ》をあげた水晶竜は、慌ててテザール・ブルガンから飛び退《の》く。正面からぶつけられるテザール・ブルガンの憎悪は、あまりにも生々しく、向かい合っているだけで目眩《めまい》を起こさせるほどの激しさがあった。身を苛《さいな》む痛みを怒りに転化して、テザール・ブルガンは恐ろしい勢いで跳び、水晶竜《すいしょうりゅう》の脇腹《わきばら》に喰《く》らいついた。爪《つめ》と牙《きば》から滴《したた》る強酸と、肉を喰いちぎろうとする凶悪な顎《あご》に、水晶竜は鋭い哭《な》き声《ごえ》をあげながら、狂ったように身を捩《よじ》る。強酸の液を滴らせる脚を前肢《まえあし》で払《はら》い退《の》け、水晶竜はテザール・ブルガンを鋭い爪で切り裂く。

テザール・ブルガンと戦う水晶竜の姿を、レイムは不安な様子で見つめる。テザール・ブルガンの思いは、封じられたことに対しての稚拙な怒りだ。不当な扱いを受けたことにより、鬱積《うっせき》したものの捌《は》け口《ぐち》を求めて、水晶竜に怒りをぶつけている。自分が世界には組みこまれることのできない、存在してはならない命であることの自覚はない。破壊しているつもりも、危害を加えているつもりも、テザール・ブルガンにはない。罪のない生き物を、ジェイは葬《ほうむ》り去《さ》らねばならないのだ。

「……大丈夫かい？」

水晶竜の力は手に入れたが、このような変化はジェイにとっては初めてのことだ。うまく動けていないことが、見ていてわかる。十分に力を出しきれていないジェイに対し、今日の日を待ちわびていたテザール・ブルガンは、思うままに動けることに歓喜し、自在に身体《からだ》を動かしている。翼があり、体躯《たいく》は水晶竜のほうが少し大きくて有利だが、強酸の体液を持つテザール・ブルガンの攻撃は、水晶竜の鱗《うろこ》を傷つけ、ジェイを苦しめている。

ジェイ一人に任せておいていいのかと尋ねられ、悠然と腰かけて見物しているディーノは、そんな心配など不要だと鼻で笑う。

「あいつは負けない」

ジェイはディーノが課した過酷な試練を、見事に克服した者なのだ。

死の淵《ふち》から自力で這《は》い上《あ》がったジェイは、誰よりも命に対する執着が強い。生きることと、生きるためにはどうしなければならないかを知っている。だが、テザール・ブルガンは、神によって封印され、生かされてきた。生きることを知らないで戦うようなモノに、命の重みや大切さなどわからない。死にたくないという執念を持つ者が、死を想像できないようなモノに負けるはずがない。

「これからだ」

心底楽しそうに、ディーノは唇《くちびる》の端を持ち上げて笑った。

村で生き残った者たち――、塔《とう》の倒壊にも巻きこまれず、広場で黒精霊にも喰《く》われなかった者たちは、広場から遠く離れた場所にいて、鳴り響いた鐘《かね》の音で注目し、塔の倒壊を知った者たちだ。急いで広場に駆けつけようとした彼らは、投じられた銀斧《ぎんふ》による衝撃で吹き飛ばされ、地面や木などに叩《たた》きつけられたが、いったい何が起こったのか、さっぱりわからなかった。何か、とんでもないことが起こっていることだけは確かで、とにかくそれを確かめるために、人々は警戒しながら恐る恐る広場に向かった。凄《すさ》まじい哭《な》き声《ごえ》にひきつけられるように、目を向けた広場には、見たこともない生き物がいた。その個体に関しての知識はなかったが、醜悪な姿形をしたモノは黒精霊であり、あれが、何処《どこ》にも行けずにこの地にいたモノだとわかった。真珠色をした飛竜《ひりゅう》は、空を飛べるものだから、余《よ》所《そ》からやってきたものだ。黒精霊と真珠色をした飛竜が戦っている。その殺伐とした雰囲気から、勝敗が確定したならば、どちらかが敗走して終わるというようなものではないとわかった。共喰《ともぐ》いをして個体数を減らした小さな黒精霊たちは、血を吸った人間の衣服や装身具の残骸《ざんがい》だけが散らばる場所から移動し、真珠色の飛竜と戦っている黒精霊のもとへと集まりだした。大きな黒精霊には及ばなくとも、強酸の液を吐きかけられるモノは、真珠色の飛竜目がけて、それを吐きかける。集まりながら、喰らいあい、さらに大きな個体へと形を変える。背筋が凍るような哭き声を耳にし、飛び散る血や体液、苦悶《くもん》し怒る姿に目を奪われながら、人々は物陰に隠れるようにして、広場で死闘を繰り広げている獣たちの姿を、食い入るように見つめた。その瞳《ひとみ》のなかには、恍惚《こうこつ》とした輝きがある――。

「よほど退屈だったようだな」

死闘に魅せられる人々を、顎《あご》をあげてディーノは尊大に見下ろす。

生命を創造したとき、神々はおそらく、それを穏やかなまま、地に放ったのではない。

生み出されたものたちは、勝ち残ることによって、自分たちの居場所を確保したのだ。巡る命の輪を回し、世界を恵み豊かに力強く構築するため、厳格に淘汰《とうた》された。
気に入った甲虫《かぶとむし》を持ち寄って戦わせるように、造り出した生物を戦わせ、神々はその様を楽しんだのではないだろうか。戯《たわむ》れに造られた命、封じられ、しまいこまれた黒精霊は、余興としてだけ造られた、神々の玩具《おもちゃ》であったのかもしれない。

テザール・ブルガンと戦っているうちに、水晶竜《すいしょうりゅう》の動きが変わってきた。

「あ……！」

大きく広げられた翼を見たレイムは、はっと息を呑《の》む。人間には翼はない。それまで動かされることのなかった翼が使われるようになったのは、ジェイと水晶竜が、きちんと一つになりはじめた証《あかし》だ。広げ、動かされているうちに、翼が使われ、水晶竜が飛ぶ。
環境に適応するという点で、ジェイはかなりの力があった。そうでなければ、激変した環境でまともに生きていくことなどできなかっただろう。神官候補生であった少年は、その誇りと気高さを失わないまま、どんな妥協もせず、状況を十二分に利用して己の道を突き進んできた。
殺せと命じたディーノの声に反応し、翼を動かしたのは、ジェイではなく、水晶竜そのものだった。強く自己主張するわけではないが、黒い革の手袋に隠されていたときにも爪《つめ》が伝えていたように、水晶竜《すいしょうりゅう》の意思は存在する。それが、ジェイと混ざり合い、正しく一つになる。

　小さな黒精霊たちは互いを見つけると、牙《きば》を剝《む》き、仇敵《きゅうてき》とまみえたときのように争って、勝利したほうが負けたモノを貪《むさぼ》り喰《く》った。そうして残った最後の一匹が、テザール・ブルガンの脚に捕らえられ、頭からばりばりと喰らわれた。声帯を潰《つぶ》され、耳を覆いたくなる獣の断末魔の声が、ぷつんと途切れる。黒精霊がテザール・ブルガンに取りこまれるのを阻止しようと、水晶竜の爪《つめ》がそれを切り裂いたが、どさりと石畳の上に落ちた黒精霊の下半身は、たちまちのうちに新しい首と脚を生やし、形を変えたもう一匹の黒精霊となる。

「——黒精霊のほうが、有利なようだね」

　レイムは難しい顔になって、水晶竜と戦うテザール・ブルガンを凝視する。

　水晶竜が鋭い爪で切り飛ばしたテザール・ブルガンの脚も、いつの間にか小さな黒精霊に喰われ、取りこまれてしまっていた。その黒精霊を喰らうと、テザール・ブルガンには、切られてなくなったはずの脚が生え出てくる。かなりの高さはあるが、跳躍することしかできないテザール・ブルガンに対して、翼を持つ水晶竜は、自在に羽ばたいて襲いかかることができる。しかし両者とも、満身創痍《まんしんそうい》という状態だ。水晶竜の真珠色の鱗《うろこ》は無残に強酸で焼かれて、ところどころどす黒くなり、ざっくりと切り裂かれた傷口からは、真っ赤な血が滴《したた》って、すたすたと流れ落ちている。失った部位を再生しているテザール・ブルガンとは、ずいぶんな差がある。

「いや」

簡潔に答え、ディーノは笑う。青い瞳《ひとみ》に促され、レイムはその視線の先に目を向ける。水晶竜《すいしょうりゅう》を強酸の液で牽制《けんせい》して遠ざけた隙《すき》に、テザール・ブルガンは今度こそ、広場に残っていた黒精霊の最後の一匹を余さず喰《く》らった。一区切りをつけたテザール・ブルガンの身体《からだ》が、二回りほど大きくなる。

「奴の有利も、ここまでだ」

断言するディーノを肯定するように、宙から襲いかかった水晶竜は、吐きかけられる強酸の液を避《よ》け、鋭い爪《つめ》でテザール・ブルガンを切り裂いた。体液を飛び散らしながら石畳の上に転がったテザール・ブルガンの脚は、しかし、びくびくと動いただけで、別個体となって動きだすことはなかった。

（あぁ……）

切り飛ばされたテザール・ブルガンの脚を見つめ、レイムはそれを理解する。封印の地である谷の外に、強酸の影響が及ばないようにするためと、外からの侵入を阻止するために結界を設け、黒精霊避けの植物を配して、レイムは結界の内にいる黒精霊たちを、この広場に追いこんだ。この広場にいた小さな黒精霊は、すべて姿を現し、テザール・ブルガンに喰《く》らわれた。共喰いという過程を経て、同格のモノが何体か集まって、大きくなった黒精霊は、なんらかの外的要因によって引き裂かれた場合、その細片がもともとの大きさを下回らなければ、身体《からだ》の部位を構成しなおして一個体として再生する。分裂して増えたように見えても、最初から複数の命を持っているのだ。だが、格の上回る黒精霊が格下のモノを喰らった場合は、格下のモノを完全に取りこんで吸収してしまう。小さな黒精霊は生きたまま喰らわれたことで、能力も気もテザール・ブルガンの一部となった。取りこんだ黒精霊を利用したからこそ、テザール・ブルガンは欠落した身体を即座に復元することができた。切断された自分の身体の一部を喰らっても、それはあくまで食物として取り入れられ、黒精霊が自分の身体を復元するのには、その個体に定められただけの日数がかかる。

「ギュイイイ！」

傷つけられた痛みで怒り狂うテザール・ブルガンが、身を沈めて水晶竜《すいしょうりゅう》目がけて跳ね飛ぶ。翼を振り動かした水晶竜は、危ういところでこれを避《よ》け、そして背面からテザール・ブルガンの身体に切りつけた。

「ギヒィッ！」

水晶竜の爪《つめ》は、硬い殻を割り、ざくりとテザール・ブルガンの背中に突き刺さったが、しかしそれ以上切り裂くことはできなかった。強酸を含む熱い体液が、勢いよく噴出して、水晶竜《すいしょうりゅう》を襲う。傷をつけた側もただではすまないため、まったく質《たち》が悪い。

「シャッ……！」

体液を浴びないよう、水晶竜はテザール・ブルガンから素早く離れる。飛び散る体液を考慮したそれは、今回に限りかなり大袈裟《おおげさ》な距離をとっていた。致命傷を与えるはずの心臓《しんぞう》狙《ねら》いの一撃は、しかし残念ながら的を外したらしい。テザール・ブルガンの心臓は一般的な位置になく、場所がずれていたようだ。

横ざまに石畳に墜落したテザール・ブルガンは、転がって身体《からだ》を起こすと、再び脚をたわめて水晶竜目がけて跳んだ。翼を振って空中で身体を回転させた水晶竜は、強烈な勢いをつけた自分の身体をぶつけ、テザール・ブルガンを叩《たた》き落《お》とした。

「ゲヒィッ！」

宙に飛び散った強酸の液にかまわず、水晶竜は石畳に激突したテザール・ブルガンに襲いかかる。

「ケシャアアア！」

水晶竜は引っ繰り返ったテザール・ブルガンに伸《の》しかかり、両の前肢《まえあし》をテザール・ブルガンの口に突っこみ、強引に上下の顎《あご》を開く。そしてそのまま、翼をあげた水晶竜は、羽ばたいて宙にあがる。

「ゴガァアア！」

無理やり口を広げられ、吊《つ》り下《さ》げられたテザール・ブルガンは、この体勢から逃れようと、狂ったように身を捩《よじ》る。ぶら下げたテザール・ブルガンに乱暴に揺すられ、姿勢を崩しながらも、テザール・ブルガンの脚の先が石畳に着かない高さを飛び、水晶竜《すいしょうりゅう》はテザール・ブルガンの口を開いた両前肢《りょうまえあし》に力をこめる。もがいて動かされるテザール・ブルガンの脚の爪先《つまさき》から飛び散った強酸で、じゅわっと音をたて、水晶竜の翼や鱗《うろこ》が変色して、どす黒い色になっていく。同じく、唾液《だえき》と牙《きば》に触れている水晶竜の両前肢も、強酸に冒《おか》され、じゅわじゅわと音をたて、嫌な臭《にお》いの煙があがる。

「ガアァァァ……！」

息が詰まる思いで見つめている者たちの耳に届いたのは、めきめきという音——。

形容しがたい、凄《すさ》まじい断末魔の哭《な》き声《ごえ》があがり、水晶竜の前肢によって、テザール・ブルガンは口から真っ二つに引き裂かれた。

引き裂けたテザール・ブルガンの身体《からだ》から、引きちぎれた内臓と体液が、雨のように周囲に飛び散る。強酸の体液を浴び、石畳はじゅわじゅわと音をたて、嘔吐《おうと》を誘う強烈な臭気が、周囲に立ちこめた。二つになったテザール・ブルガンを、水晶竜は石畳に投げ捨てる。

「…………！」

　声帯を引きちぎられたために、テザール・ブルガンは哭《な》き声《ごえ》をあげることもできない。跳ね上がるかと思える勢いで、テザール・ブルガンはびくんびくんと痙攣《けいれん》していたが、その目は次第に虚《うつ》ろになっていく。驚異的な再生能力を持つ黒精霊だが、こうなってしまっては、復活するのはさすがに無理だろう。

　テザール・ブルガンの体液が飛び散っていない場所を選んで、翼を動かした水晶竜《すいしょうりゅう》は石畳の上に下り、そして倒れた。

　満身創痍《まんしんそうい》という状態だったが、生命《いのち》には別状なかった。水晶竜の気を読んで、レイムはほっとする。駆け寄ろうとするレイムの腕を、ディーノが摑《つか》んで止めた。

「何？」

　驚いて振り返るレイムに、ディーノは青い瞳《ひとみ》を動かし、見るように促す。

　広場を囲む森の木陰から覗《のぞ》いていた者たちが、ぞろぞろと広場に足を踏み入れていた。塔《とう》の倒壊に巻きこまれず、黒精霊に喰《く》われることも免《まぬか》れた、百名足らずの村人たちだ。

「あぁ……」

　水晶竜のもとに向かう人々の様子に、表情を和らげたレイムは、飛散していた薪《まき》や吹き飛ばされた神殿の屋根だろう石の破片を拾う姿を見て、ぎょっと目を剝《む》いた。

　レイムの腕を摑んでいたディーノの手が、空《くう》を摑んだ。一瞬にして神殿の外に移動したレイムは、金色の髪を靡《なび》かせ、水晶竜《すいしょうりゅう》の前に飛び出す。

「やめてください！」

水晶竜へと投じられた石の破片を、レイムは左腕につけていた鎧《よろい》の防具で受け止めた。

目の前に突然に現れた金の髪の青年に、村人たちは驚き、思わず数歩後ろに下がる。ディケンズもウィルも、生き残った者たちのなかにはいなかった。人々は目を動かしてお互いを窺《うかが》い、そうして一人の男が、おずおずと口を開く。

「――そいつは、あなたの飛竜《ひりゅう》なのか？」

指さしたのは、レイムが背後に庇《かば》った水晶竜。ぼろぼろに傷つき、血に塗《まみ》れていたが、真珠色の飛竜は、その見目麗《みめうるわ》しい優しそうな青年に、相応《ふさわ》しいもののように見えた。尋ねられたレイムは、首を横に振る。

「いいえ。僕の飛竜ではありません」

真珠色をしたこれは、飛竜の姿をしているだけで、人間なのだ――。

きっぱりとしたレイムの返事を聞いた人々は、顔を見合わせ、そして言った。

「だったら退《ど》いててくれ」

「今やっておかないと……！」

「そうよ、弱ってる今のうちに殺すのよ」

殺せ。殺せ。殺せ。迫りくるのは、恐怖に憑《つ》かれた冥《くら》い気。深く傷ついて血溜《ちだ》まりに力なく横たわる水晶《すいしょう》竜《りゅう》を冷たい瞳《ひとみ》で見つめ、口々に吐き出される殺伐とした言葉に、レイムは胸がつかえる。

「水晶竜は、あなたたちを守ってくれたんですよ!?」

切ない声で訴えるレイムを、人々は嘲笑《あざわら》った。

「違うよ」

「殺さなければ、殺されるからやったんだ」

「殺しあいをしてたんだよ」

それは、紛れもない真実。正鵠《せいこく》を射る言葉に、大きく目を見開いたレイムは息を呑《の》み、言葉を失った。確かに、間違ってはいない。でも……。

圧倒されるレイムに、人々は言う。

「さあ、早く退《ど》いてくれ!」

「邪魔するな!」

「今度はわたしたちが襲われるかもしれないのよ!」

「そんなことはありません!」

悲痛な面持《おもも》ちで叫んだレイムに、人々は眉《まゆ》を吊《つ》り上《あ》げる。

「あなたの飛竜《ひりゅう》じゃないんだろう!?」

「関係ないなら退いてくれ!」

「邪魔しないでよっ！」

水晶竜《すいしょうりゅう》と黒精霊の血みどろの戦いを凝視していた人々の精神に芽吹いていた狂気は、どんどん膨らんでいき、溢《あふ》れだす――。

「（駄目よ、レイム！　この人たち、聞く耳なんてないわ！）」

金色の髪の陰、襟足《えりあし》に隠れていたものが、小さな声でレイムに叫ぶ。

口でいくら言ったところで埒《らち》が明かないと判断した人々は、水晶竜を背後に庇《かば》うレイムに近寄る。

「退《ど》かないなら、あんたも……！」

薪《まき》ではない、長い木の棒を持っていた男が、レイムにそれを振り上げた。

「！」

剣は持っている。しかしそれを、彼らのような者たちに向かって抜くことは、レイムにはできない。

左腕に装着した防具をあげて身を庇おうとしたレイムの目の前を、銀色の光が奔《はし》り、鮮血が飛び散った。びしゃっと生温かいものが、レイムと、その周りにいた人々の顔から胸に当たる。がつんと勢いよく横から顔にぶち当たり、足元に落ちたものを見た男は、それが何かを知ると、目を剝《む》いて腰を抜かした。レイムを殴打《おうだ》しようと、木の棒を振り上げた男は、顔の上半分を失って、斜め後ろに倒れる。真新しい血に塗《まみ》れた鋭い刃《やいば》は石畳を割り、突き刺さる。

投じられたのは清絶《せいぜつ》な銀の斧《おの》。回転しながら襲いかかった刃《やいば》は、男の頭の上半分を切り飛ばし、一撃で命を奪った。悲鳴をあげ、絶命した男の近くから逃げた者たちは、驚愕《きょうがく》に目を見開いて、その凶悪にして残酷な斧の投じられたほうを見る。

巨大な飛竜《ひりゅう》を柱にとまらせ、屋根の吹き飛んだ神殿の祭壇に、玉座に掛けるように悠然と腰を下ろし、人々を見下ろしている一人の男がいた。宝石で装飾をした豪奢《ごうしゃ》な白い鎧《よろい》を纏《まと》うその男は、世界でただ一人、黒い髪と青い瞳《ひとみ》を持つ者。世界救済の英雄譚《えいゆうたん》を知らなくとも、悪名高く、残虐な行為で世界を震撼《しんかん》させた男のことを、知らない者は誰一人いなかった。

「…………！」

戦慄《せんりつ》した人々は、名を口にすることもできず、その場に立ち尽くした。殺戮《さつりく》に明け暮れ、嫌悪《けんお》すべき犯罪者だとわかっていながらも、その男は目を奪うほどに雄々しく美しい。それは、熱く迸《ほとばし》る他人の血で真っ赤に染まる様を見たいと誰もに切望させる、危険な男だ。その男が身につけると、白い鎧と真珠色のマントは、清浄であるがために、なんと蠱惑的《こわくてき》なことだろうか。

「………」

相変わらずのディーノに、レイムは溜《た》め息《いき》をつき、顔に飛んだ血を親指で拭《ぬぐ》った。窮地は脱したが、助けられたという気はしなかった。

人々の注目を浴び、ディーノは莞爾《かんじ》と笑う。

「続けろ」

太く響く低い声で、尊大に命じたディーノの言葉を、人々はゆっくりと頭のなかで反芻《はんすう》し、そして色を失った。目の前にその男はいるわけではない。関係はわからないが、しかし、真珠色の飛竜《ひりゅう》と青銅色の鎧《よろい》を纏《まと》う金色の髪の青年に何かしようものなら、惨殺《ざんさつ》されるに違いない。がくがくと震《ふる》え戦《おのの》きながら、人々は膝《ひざ》を折り、ディーノを見上げる。

「……この村には、貴方《あなた》が奪うようなものは何もありません……！」

「わたしたちはこんな場所に、七年も閉じこめられているのです……！」

「わたしたちは貴方より、ずっと弱いのです……！」

「殺さないで……！」

「助けて……！」

「わたしたちは、まだ何もしていない……！」

必死に命乞《いのちご》いをする人々に、ディーノは喉《のど》を鳴らして笑う。

「聞こえぬな」

　ディーノは一言で切り捨てた。蒼白《そうはく》になる人々に、レイムは引き結んでいた口を開く。

「……自分にできないことを、ひとに望んではいけません……」

悲しげに視線を逸《そ》らしたレイムの言葉に、人々はびくりと身体《からだ》を震わせる。

水晶竜《すいしょうりゅう》は傷ついて倒れていて、人々が恐れるようなことは、まだ何もしていなかった。乱暴なことをしないでくれとレイムは懇願し、人々はそれを聞き入れず、レイムごと葬《ほうむ》り去《さ》ろうとした。助けてくれという言葉を、持っていてはいけない。

「俺が何を欲するのか、どうして貴様たちに決められなくてはならぬのだ？　誰が何年、何処《どこ》にいようと、俺の知ったことではない。——どうして貴様たちが俺より弱いなどと言える？」

高貴さ漂う優雅な所作で、ディーノは玉座のように悠然と腰かけていた祭壇から立ち上がり、酷薄な笑みを浮かべて、跪《ひざまず》く人々を見下ろした。


特別なものだから、ディーノは何かを奪ったのではない。それが欲しいと思ったから、手に入れただけだ。美しく輝く高価な宝石も、命を繋《つな》ぐための一切れのパンも、すべて。

七年まえ、ディーノは女王トーラス・スカーレンの命《めい》により、魔道師《まどうし》エル・コレンティによって捕らえられ、獄舎アル・ディ・フラの塔《とう》に幽閉された。世界崩壊の危機にあたり、死のうが生きようがかまわないと判断されるような扱いを受けていた罪人たちの生活と比べると、この村は楽園のように恵まれている。このような場所にいて、己の身の不幸など訴えられても、薄ら寒いだけだ。投獄されたことを聞き、嗤笑《ししょう》しただろう者たちにかける情けなど、最初からあるはずがない。そして、彼らは弱くはない。大勢で一人を捕らえ、火炙《ひあぶ》りにできるだけの実行力と残忍さを持っている。今、彼らの近くにいる水晶竜《すいしょうりゅう》と同じように、ディーノが弱っていたならば、きっと自分たちの正しさを声高に叫び、膺懲《ようちょう》と称して、寄ってたかってディーノを虐殺していただろう。動かない肉塊に加えた一撃であっても、自慢話にし笑いあうはずだ。先ほど実力行使でレイムを排除しようとしたときには、銀斧《ぎんふ》に襲われて男が殺されてしまったので、彼らを代表した行為は、結果として未遂に終わったのにすぎない。まだ、何もしていない彼らは、この先、何かする、のだ。彼らは決して、何もできない無力な者たちなどではない。

第九章　弾劾

どこか遠くで破裂音がした。鐘《かね》が鳴るのを聞いた。何か建物が崩れるような音がした。瞼《まぶた》の向こうで白い光が弾《はじ》け、耳を聾《ろう》する爆音とともに、ゆさゆさと揺れた。

「……ん……」

覚醒《かくせい》せずにはおかれない強い刺激を受け、ルミは眉《まゆ》を顰《ひそ》める。しかし、どろどろとした暗い眠りの淵《ふち》に留《とど》めておこうと、重い睡魔はしっかりとまとわりついてルミを離さない。激しい吐き気で胸がむかつき、頭がぐらぐらする。

何か、獣が争いあう、鋭い哭《な》き声《ごえ》が聞こえていた。

(わたしは……)

頭の隅で警報が鳴っている。一刻も早く目を覚まさなければいけないと、ルミは焦《あせ》る。

(強い暗示を受けている……。身体《からだ》に入れてしまった黒蓮《こくれん》は、ほんの少量……。中毒症状を起こすような量ではない……)

以前に治療のためにある程度の量を使用してしまったので、薬剤として用いることは危険だが、その危険な状態になるほど服用したわけではない。お茶に混ぜられて、ほんのひと口飲んだだけだ。激しい嘔吐感《おうとかん》は、中毒によるものではなく、警告のためにかけられた暗示のためだ。強烈な暗示を施されているルミの身体《からだ》は、普通は知覚できないほどの、昇華した黒蓮《こくれん》の微《かす》かな香りにすら過敏に反応する。ただ、それだけのことなのだ——。

（大丈夫、動ける……！）

すうっと息を吸ったルミは、ぱっちりと目を開けた。気味の悪い汗が全身に滲《にじ》み、まだ天井が回っているように見えるが、仕方ない。激しい吐き気も、気にしている場合ではない。ぐずぐずしているわけにはいかない。身を起こそうとしたルミは、右手に抵抗を感じ、そちらを見た。

「…………」

右手の先には、ハンカチーフが被《かぶ》せられていた。手を自由に動かせないように包んで結び、その端を紐《ひも》に結わえて寝台に繋《つな》いでいる。拘束したつもり、らしいが……。

ルミは左手を動かして隠しから小刀を取り出すと、寝台に繋いである桜色の紐を切った。そして、レースのハンカチーフを切り裂いて、右手を解放する。あのお茶会の後で、誰がやったのかなど、考えるまでもなかった。刃物があったから使ったが、レースのハンカチーフなんて、簡単に引き裂ける。身体に傷がついても、痛みを感じることのないルミの場合、紐を無理やり引きちぎることも平気だ。

（衣服を確かめて、逃げだすのに使えそうな物を取り上げて、両手を後ろ手に結わえて、両足を結わえたものと結んで、それをできるだけ近い位置で寝台に結びつけて……）

ルミが指示するなら、絶対にそう言う。確かに、あまり乱暴なことをすると苦しいし、痛い思いをさせるかもしれないが……。まるっきりの素人《しろうと》の手口といっても、これはあまりに酷《ひど》すぎて、被害者ながら、ルミは情けない気分になった。ルミの美麗な容姿にぴったりだったから、レースのハンカチーフや、娘が髪に結ぶような桜色の紐《ひも》をわざわざ使ったのだろうが、これではコーディネートしただけで、拘束の用をなさない。遠くで何か複数の、やや小型の獣のあげる断末魔の哭《な》き声《ごえ》と、いくらか大きい獣たちの咆哮《ほうこう》が聞こえる、殺伐とした空気のなか、ルミが置かれていた状態は、あまりにも少女趣味で、おままごとのようにほのぼのとしていた。

萎《な》えそうになる気力を奮い起こし、脳貧血を懸念《けねん》して、ルミは頭をあまり動かさないようにして、足から滑り落ちる形で寝台から下りると、座ったまま手を伸ばして色《いろ》つき瓶《びん》を取り、水を飲んだ。汗をかいたせいで、血液の成分が濃くなっている。わずかではあるが、黒蓮《こくれん》を摂取してしまったのは事実だ。今の場合、水分を補給し、代謝で不要なものを体外に排出するのが、一番効果的な方法だ。嘔吐感《おうとかん》はまだあるが、喉《のど》が潤ったために、落ち着きのないざわざわした嫌な感じがゆっくりと退《ひ》いていき、ルミは静かに息を吐く。

ルミに黒蓮などという、恐ろしい麻薬を一服盛った娘たちは、とんでもないことを言っていた。ルミに対して、神の使いや生《い》け贄《にえ》にぴったりだとか、タニヤの子どもが悪魔の子か、ジェイが悪魔の使いであるとか。タニヤの子どもが悪魔の子なら、ジェイがその子を殺し、ジェイがタニヤの子どもを殺さないなら、ジェイが悪魔の使いであり、村人はジェイを火で焼き殺す。誰かが絶対に死ななければならない、とんでもない論理展開だ。しかも、それはジェイがどうするかにかかっている。たとえタニヤの子どもが悪魔であっても、ジェイはその命を奪うような真似《まね》などしない。

いくらミゼルの使徒《しと》であり、神の使いであっても、ジェイは医者だ。生きる手助けをすることが仕事だ。ジェイの個人的な問題ならば話は別だが、正式な神官の資格を持っていないジェイは、たとえ方法を知っていても、悪魔云々《うんぬん》に対して公的に何かすることは、常識としてできない。悪魔の子を見つけたならば、この村を急いで出て、その旨《むね》を教会に知らせるのが、ごく一般的な対処だろう。時間稼ぎで根本的な解決にはならないが、この村の者たちにできるのは、効果的な悪魔避《あくまよ》けの呪《まじな》いを教えてやることぐらいだろうか。

悪魔は祓《はら》われるものであって、殺すようなものではない。基本的なところが、乱暴な方向に捩《ねじ》くれてしまっている。この村の者は誰も、まともではない。

外から聞こえてくる獣の声を聞き、ルミは溜《た》め息《いき》をつく。

（……悪魔ではなく、黒精霊が関与していたのか……）

回国《かいこく》の活動をして世界のあちこちを旅してきたが、あんなに不快で不気味な声で哭《な》く生き物など、黒精霊以外に考えられない。野生種など存在しない黒蓮《こくれん》は、黒精霊の花だ。黒精霊を呼び寄せるために、栽培を禁止されている黒蓮があることから考えても、間違いない。一つが明確になれば、連なって事情が見えてくる。街道から遠く外れ、目立たない谷《たに》間《あい》に建てられるような神殿には、それ相応の理由がある。黒精霊を封じた、忌《い》まわしき場所と考えれば、納得できることばかりだ。地名が地図から消え、鐘《かね》は鳴らない。この場所に迷いこんで出られないまま暮らしている人々は、どこか正気を失っている。そして今、外で聞こえているあの哭《な》き声《ごえ》を聞けば、封じられていた黒精霊が、封印から逃れ出たらしいと想像がつく。小型の黒精霊には、これまでに何度か遭遇したが、大型の黒精霊を見るのはこれが初めてだ。

(ジェイ……)

この村に来ることを望んだジェイは、水晶《すいしょう》竜《りゅう》の爪《つめ》に導かれたのだとルミは思う。ルミは村人の罠《わな》にかかって、計画的にこの家に足止めされ、別行動になってしまったが、たとえ相手が黒精霊だろうと、ジェイならばむざむざやられたりはしない。それはジェイに対するルミの絶対の信頼だ。

(行かなくては……)

置いていた場所に目をやると、やはりそこには薬品《やくひん》鞄《かばん》があった。用い方一つで毒にもなるが、ルミに一服盛った彼女たちは、薬品には興味はなかったらしい。ルミは静かに腰をあげて、薬品鞄《やくひんかばん》を取りにいく。立ち上がった途端、酷《ひど》い目眩《めまい》がして嘔吐感《おうとかん》が増し、いくらも歩かないうちに、ルミは床にしゃがみこむ。濫用防止のために与えられた暗示は、半端《はんぱ》ではなく強烈なものであることを、ルミは冷や汗でびっしょりになりながら実感する。

（これは、暗示だ……。黒蓮《こくれん》の影響はない……！）

あんな微量で動けなくなるはずがない。ルミは自分自身に言い聞かせ、気力を振り絞る。爪《つめ》で掌《てのひら》が傷つくほど強く握りしめても、痛みはなかった。その事実が、苦痛を知覚できない状態の自分を再認識させ、ルミは暗示による症状を否定して、果敢に立ち上がる。

ふらふらしながらも薬品鞄を取り、家の扉を開いたルミは、呆然《ぼうぜん》とした面持《おもも》ちで目を瞬《しばたた》く。

「あ、れ……？」

村のどこからでも見えるはずのもの、果樹や畑、森の向こうにあった、背の高い塔《とう》の姿がどこにもなかった。神殿の屋根が見えるはずの場所にも、何もなく、何かの上にとまっているのか、森の木々より少し高い位置に巨大な飛竜《ひりゅう》の姿が見える。眠っているあいだに、ルミは鐘《かね》の音を聞いた気がする。そして、何か爆発するような音も聞き、揺すられたような気がする。戸口に摑《つか》まって立ちながら、巨大な飛竜を見つめたルミは、そこで何があったのか、ゆっくりと推察する。遠目でも、あんなに立派な飛竜《ひりゅう》はそう何頭もいるものではない。だとすると、あれは――。

（ディーノ……）

世界を崩壊の危機から救った銀斧《ぎんふ》の戦士、かつて孤高の修羅王《しゅらおう》と呼ばれ、ジェイのいた町を壊滅させた男の飛竜だ。あの男が、あそこにいる……！

塔《とう》や神殿の屋根が見えないのも、あの男がいるのなら、なんら不思議はなかった。あの男は、一撃であれらの建築物など粉々に砕くだけの力を持つ者だ。ひょっとして、あの男が黒精霊の封印を解いたのだろうか。あの男との再会を強く願っていたジェイがどうなったのだろうと考えると、悪いことばかりが頭のなかを巡ってしまい、ルミは膝《ひざ》から力が抜けそうだった。しかし、ここで座りこんでいる場合ではない。

苦痛を与えている強い暗示を捩伏《ねじふ》せるようにして、よろよろとゆっくりではあるがルミは家を出、畑の合間を抜けて広場に向かう。哭《な》き声《ごえ》は徐々に減り、大型らしい二匹のものだけになった。黒精霊のあげる恐ろしい哭き声に、眉《まゆ》を顰《ひそ》めたルミは、何かが光ったのに気づいて顔をあげ、真珠色の飛竜が飛んだのを見た。

「え……？」

陽光をきらりと跳ね返した鱗《うろこ》の輝きに、ルミは驚いて目を見開く。激しい戦いのために血に染まっていたが、それはメラニンなどの色素を欠くアルビノの種ではなく、間違いな

く真珠色の飛竜《ひりゅう》だ。透き通って銀に輝く爪《つめ》には、見覚えがある。

(水晶竜《すいしょうりゅう》?)

聖書に書かれる伝説の聖獣と同じ色の飛竜を、ルミは食い入るように見つめる。飛びかかってきた異形のモノを攻撃するため、水晶竜は咆哮《ほうこう》しながら左前肢《ひだりまえあし》を動かす。鮮やかに爪で切り裂くその動作に、青白く輝く金色の髪の青年の姿が、ぴったりと重なって見えた。

(ジェイ⁉)

嫌というほど見覚えがある動きに驚愕《きょうがく》したルミは、貧血を起こしてその場に座りこむ。嘔吐感《おうとかん》も消し飛んでしまったが、ルミはそのことに気づく余裕などなかった。目線が低くなって果樹の葉陰になり、水晶竜と黒精霊の姿はルミの視界から消えた。

(いったい、何がどうなって……)

等身大のあの水晶竜は、ジェイそのもののように見えた。人間が飛竜になってしまうなど、お伽話《とぎばなし》か童話のなかの出来事だ。しかし、神の戦士の獣である水晶竜の爪が実在するのだから、これはまるっきり架空の話ではないのだ。ジェイが長いあいだ所持していて、使っているうちに水晶竜にもそういう癖がついてしまった……と、考えようとしても、そちらのほうが嘘臭《うそくさ》いとルミは思わずにはいられない。

凄《すさ》まじい断末魔の哭《な》き声《ごえ》があがり、それはぶつりと途切れた。びくんと身体《からだ》を震わせたルミは、死闘に決着がついたことを悟る。広場の手前のほうから、がさっと物音がして、そちらに目をやったルミは、村人たちが広場に移動していくのを見た。決着がつくまで、隠れて様子を見ていたらしい。ぼそぼそと呟《つぶや》かれた声から、水晶竜《すいしょうりゅう》が勝利したことがわかった。ルミはジェイが生き残ったことを知って、安堵《あんど》する。

（わたしも、行かなければ……）

ジェイのそばに――。頭ではそう思うが、ルミは驚きすぎていて、すぐに腰をあげることができなかった。跳びかかったところが、ちらりと見えただけだが、確かに、あの黒精霊と対峙《たいじ》するには、人間の姿で水晶竜の爪《つめ》を使うよりも、水晶竜そのものになったほうが有利だっただろう。水晶竜でさえ、ずたずたに切り裂かれ、血みどろになっていた。飛《ひ》竜の鱗《りゅううろこ》ですら、あのように無残に切り裂かれてしまうのだから、人間の身体《からだ》だったなら、一撃を受けたなら皮膚どころか骨まで傷つけられていたのに違いない。

「やめてください！」

必死に叫んだ澄んだ声に、ルミはどきんと心臓を撥《は》ね上《あ》げ、飛び上がるように腰をあげた。言い争っているのは、青紫のマントと青銅色の鎧《よろい》を身につけた――。

（レイム様⁉）

木立の向こう、水晶竜を背に庇《かば》い、広場にいる村人と向かい合っている金色の長い髪の人物に、ルミは驚いて目を瞬《しばたた》く。巨大な飛竜の姿が見えたので、銀斧《ぎんふ》の戦士ディーノがいるだろうとは思ったが、聖魔道士《せいまどうし》がいるとは予想しなかった。傷ついて倒れた水晶竜《すいしょうりゅう》を村人たちが殺そうとし、聖魔道士はそれを止めてくれている。世界を救えた人が、ジェイ一人を守れないことはないだろう。ルミは急がずに森を抜ける。

(化け物なんだ……)

ルミは思う。それは本当に見たままま。あれが人間だと、あの村人たちは知っているのだろうか。聖魔道士の説得は虚《むな》しく、さらに事態が険悪な方向に向かったとき、一条の銀の光が奔《はし》り、血飛沫《ちしぶき》が飛んだ。銀の斧《おの》を投じ、一人の村人の命を奪ったのはディーノだ。どんな理屈を並べ立てて説得を試みるより、それは最も確実で有無を言わせぬ方法だ。

(……わたしでも、そうしたな……)

ルミは薄く笑う。意図することは違ったが、行動に差はない。ルミが痛い思いをしなかったのは、見た目で侮《あなど》られたからだ。実行したかどうか、ルミは知らないが、この村の者たちは自分たちの安寧のために、余所者《よそもの》を火炙《ひあぶ》りにすることを厭《いと》わない。大切なものを守りたいのは同じなのだから、相応のことをするまでだ。邪魔をするなら、遺恨を残さないために、全員殺す。神殿の屋根が吹き飛んだときの爆風で枝が激しく揺すられて落ち、放《ほう》り投《な》げて捨てられたように、ジェイの往診鞄《おうしんかばん》が森のなかに転がっていた。ルミは蓋《ふた》が開いて少し飛び出ていた中身を元どおりにしまい、往診鞄を拾い上げる。広場に踏みこみ、ルミは水晶竜であるジェイのところに行く。

「卑下する必要はない。貴様たちは十分に卑怯《ひきょう》だ」

真珠色のマントを風になよやかに揺らし、神殿から傲然《ごうぜん》と人々を見下ろして、ディーノは言った。

「続けろ」

繰り返された言葉。死にたくないと願う村人たちは、途方に暮れた瞳《ひとみ》でディーノを見つめ、レイムは石畳に突き刺さる血に塗《まみ》れた銀斧《ぎんふ》に視線を落とす。

「——君が手を出さないのなら」

目を逸《そ》らして応じたレイムを、ディーノは鼻で笑う。

「俺は俺のやりたいようにする。貴様などに命令される謂《いわ》れはない」

「命令じゃない！　頼んでいるんだ」

「聞く義理はない」

険しくされる翠《みどり》の瞳を、ディーノは青い瞳で敢然と受け止めた。

「貴様が剣を抜かぬのは、抜く必要がないからだ。呪文《じゅもん》一つで、貴様はこの場にいる者たちなど、一瞬にして塵《ちり》に変えることができるからな」

せせら笑うディーノの言葉に、人々はびくりと肩を震わせ、レイムは悲痛な顔になる。

「そんなことはしない！　僕は……」

「無抵抗にして無力を装うのが、貴様の手だ」

皆まで言わせず言葉を被《かぶ》せられたレイムは、ディーノの言わんとしていることがわからず、彼を見つめる。ディーノはにやりと笑う。

「自分を正当化する、賢いやり方だな」

たとえどれほど立派な剣を所持していても、それは抜かれたり用いられたりしなければ、用をなさないただの飾りにすぎない。手をあげて暴力を振るった者とそうでない者とは、天と地ほどの差がある。しかも、多勢に無勢となれば、大勢で先に暴力を振るった者たちのほうに、少なからぬ非がある。加害者と被害者という明確で強固な関係を築いてからなら、多くの場合、被害者は何をしたところで、頭ごなしに非難されず、同情を寄せてもらうことまでもできるだろう。情状酌量の余地を、自ら作りだす姑息《こそく》な行いだ。

「違う！　僕は、そんなつもりじゃ、ない……」

レイムがディーノの言った力を否定しなかったことは、襲いかかろうとした人々に、十分な恐怖を与えた。どんな言い訳をしても、時間を戻すことはできず、過去は消せない。ぎゅっと拳《こぶし》を握ったレイムは、自らの思慮の浅さを思い知る。

（あの人を殺したのは、ディーノじゃない。僕だ……）

目の前で、銀斧《ぎんふ》に葬《ほうむ》り去《さ》られた男――。

自分の身を盾《たて》にして、戦うことをせずに水晶竜《すいしょうりゅう》を守ろうとしたレイムの行為は、ディーノの目にはくだらない茶番としか見えなかった。自分が傷つくよりも、他人が傷つくことに痛みを覚えるレイムであったから、ディーノはあの行動に出たのだ。黒精霊によって生かされていた、この村の者たちは、飲食物を黒精霊によって与えられ、思考も少なからず黒精霊の影響を受けている。最初からまともではない者たちを相手に、戦わずにすまそうなどという、綺麗《きれい》ごとが通用するはずはないのだ。持っている力をどれ一つとして見せなかったのは、優越感を持って隠したかったからではない。恥じているわけでもない。ただ、使えなかった。集団に一人で立ち向かえたのは、自分が勝《まさ》っているという自信と、たとえ傷つけられたとしても、魔道《まどう》で傷を癒《い》やすことができるという保証があったからだろうと、驕《おご》った性根をディーノに指摘されたなら、そんなふうにはまったく思っていなかったが、レイムは返す言葉がない。

青銅色の鎧《よろい》と青紫のマントを身につけた、優しい面差《おもざ》しの細身の青年は、その外見で推測するよりもはるかに恐ろしい存在だった。ディーノの凶刃《きょうじん》で一人が殺されることによって、人目を欺《あざむ》くその青年の化けの皮が剝《は》がれたのだと、人々は思った。力を隠して近づき、被害者を装うような狡猾《こうかつ》な者を敵に回すのは、自分の首を差し出すことも同じだ。残忍であり、武器を見せつける明確な悪人であるディーノのほうが、ずっとわかりやすくて質《たち》がいい。レイムへの対応に苦慮し、人々から縋《すが》るような視線を向けられたディーノは、酷薄に笑う。

「どうした？　殺さなければ、貴様たちの身が危ないのではなかったのか？　早くしないと、復活するぞ」

意味ありげに青い瞳《ひとみ》が動かされ、それに促されるように視線を動かした人々は、水晶《すいしょう》竜《りゅう》に向かってやってくるミゼルの使徒《しと》に気がついた。長い金色の髪を靡《なび》かせる見目《み》麗《うるわ》しい薬剤師は、長衣の裾《すそ》を軽く摘《つ》まんで毒々しい血溜《ちだ》まりを踏み越え、気味悪がって人々が避《よ》けた、真っ二つになった黒精霊の身体《からだ》の転がっている側から、水晶竜に近づいた。回国《かいこく》の活動の長旅用に誂《あつら》えたルミの靴《くつ》は、見た目のわりに底が厚く頑丈にできている。ただの血ではないことは一見してわかったが、石畳の様子から判断し、ルミはその上を踏み越えることに躊躇《ちゅうちょ》しなかった。注目されていることをまったく気にせず、水晶竜の横にしゃがんだルミは、薬品鞄《やくひんかばん》を開き、試験紙を取り出す。血を浴びた石畳や、泡立っている水晶竜の鱗《うろこ》の具合から、腐食性の物質を浴びていることは明白だ。治療を始めるのは、これを中和し、無効化させてからになる。水晶竜に当てた試験紙は、強烈な酸を示す赤い色に変化した。強いアルカリ液を支度《したく》しながら、ルミは尋ねた。

「レイム様、あちらの黒精霊は生き返りますか？」

「い、いえ……」

落ち着き払って静かに手際《てぎわ》よく作業を進めるルミに、やや圧倒された様子で、レイムは返事をする。試験管に作ったアルカリ液を振りかけられ、虫の息という様子で弱々しく呼吸して身体《からだ》を上下させていた水晶竜《すいしょうりゅう》は、びくんと震える。生傷にしみただろうが、まず強酸をどうにかしないことには、治療したくともルミは水晶竜に触れられない。

「王都の研究機関に渡したいと思います。浄化などはなさらないでください」

黒精霊は形こそ不気味だが、魔物などではない。性質は極端でも、その肉体を構成しているものは、ほかの動物と同じだ。きちんと分析すれば、漢方薬などの医薬品として、珍重される部位があるはずだ。

「わかりました」

医療関係に従事する者の言葉を受け取って、レイムは頷《うなず》いた。びくびくと筋肉の収縮運動が続いていて、近寄るのは恐ろしく見えたが、既に黒精霊はこと切れていた。踵《きびす》を返したレイムは、黒精霊テザール・ブルガンの身体に腐敗が進まないよう、魔道《まどう》による処置を施しにいく。

酸をアルカリで中和させ、水晶竜の身体から流れ出た血を拭《ふ》き取《と》り、傷の具合を確かめるルミに村人が声をかける。

「……助けるつもりか……？」

「それ以外の何に見える」

怒りを含んだ声で冷ややかに返すルミに、ディーノは笑う。

「動けるようになったら、最初に殺されるぞ」

一番近い場所にいるのだから。ディーノに平伏するために石畳の上に座りこんでいた者たちは、俄《にわか》に怯《おび》えてざわめく。傷を確かめていきながら、ルミは顔をあげることなく、きっぱりとディーノに言う。

「わたしはそれでもかまわない」

ルミにとっては、それも本望だ。倒れたまま、微《かす》かに翼を揺らした水晶竜《すいしょうりゅう》に、村人たちはびくりとし、逃げ腰になる。

「やめてくれ……」

「わたしたちは死にたくない……！」

テザール・ブルガンに魔道《まどう》で防腐措置を施したレイムは、悪戯《いたずら》に人心を乱すディーノの言葉を否定するため、振り返る。

「水晶竜は人を襲いません！」

「貴様はそいつではない」

レイムの言うそれは、あくまでジェイとしての意識があったらの場合だ。どうしてそのように断言できるのかと、せせら笑って腕組みしたディーノは顎《あご》をあげ、ふんと鼻を鳴らしてレイムを見下ろす。

「襲いかかってきた場合、貴様はそいつを殺すのか？」

「殺さない！」

そんな乱暴な方法をとらなくても、ほかにいくらでも手段はある。

「何もする気のない奴は黙っていろ」

「だから……！」

誤解を招くような言葉ばかりを意地悪く選ぶディーノに、レイムは焦《じ》れる。不安を抱く人々に理解してもらえるように、きちんと説明しようとしたレイムの声は、巨大な飛竜《ひりゅう》の咆哮《ほうこう》によってかき消された。びりびりと周囲が震える咆哮に、治療を進めながらびくんとルミは震え、肝を潰《つぶ》したレイムと村人は、いったい何がと、ディーノの背後にいた巨大な飛竜を見る。彫像よりも雄々しく立ったディーノは、腕組みしたまま微動だにせずにレイムたちを見つめ、翼をあげた巨大な飛竜は、とまっていた柱から飛び立った。翼の起こす風に煽《あお》られ、ディーノの真珠色のマントが翻《ひるがえ》り、黒い髪が靡《なび》く。豪奢《ごうしゃ》な鞍《くら》をつけた巨大な飛竜が空を行くのを、レイムは驚いて見つめる。

「どこに……」

「知らぬ」

まったく意に介さぬ様子で、ディーノは一言で切って捨てた。ディーノはあの巨大な飛竜を飼《か》い馴《な》らしたわけではない。あの巨大な飛竜が選んで、ディーノとともにいる。ただそれだけだ。ディーノは何も命じていない。巨大な飛竜がどこに行って何をしようと、ディーノの知ったことではない。

「歴史は強者とともにあり、生き残ることは正しさを証明する」

飛び立った巨大な飛竜《ひりゅう》は、広場を囲んだ森を越え、そしてその向こうにあった家に、紅《ぐ》蓮《れん》の炎を吐きかけた。火を放ちながら、巨大な飛竜は村を飛ぶ。家や果樹、畑で勢いよく上がる火の手に、村人たちとレイムはぎょっと目を剝《む》く。

「ディーノ！」

叫んだレイムの声と同時に、どこからかやってきた小さな飛竜が、ディーノの左肩につけられた鎧《よろい》の上にのった。

「生きてみろ」

青い瞳《ひとみ》でひたと見つめ、そこにいた全員に、ディーノは挑みかけた。

十二年まえと同じ言葉を耳にして、ぴくりと身体《からだ》を震わせた水晶竜《すいしょうりゅう》は、閉じていた目を微《かす》かに開き、眼球を動かして、深緑色《ふかみどりいろ》の目をディーノに向けた。

「ガア！」

ディーノの肩から飛んだ小さな飛竜が、その体軀《たいく》からは想像もつかない、凄《すさ》まじい炎を吐き出した。小さな飛竜の放った炎は、恐ろしい速さで広場の石畳に広がり、そこにあったものに燃え移る。衣服に移った炎に悲鳴をあげ、広場から逃げだそうとする者たちを待ち受けるのは、村を焦がす、巨大な飛竜が放った火の海だ。

「はははははは！」

白い鎧《よろい》と真珠色に輝くマントを、迫りくる炎を映す赤に染め、ディーノは高らかに笑った。その様はまさしく、修羅王《しゅらおう》の名に相応《ふさわ》しい。

世界崩壊の危機の折に、渓谷の奥にあるこの村に入りこんだ人々は、そうと知らずに黒精霊に飼われていた。飲食物に黒精霊を構成する肉体の一部を混ぜこまれ、七年もの年月を過ごしてしまった者たちは、封じられていた黒精霊を体内に大量に取りこんでいるために、封印されたこの地から出ることはできない。それを仕掛けた黒精霊、テザール・ブルガンが死んでしまった後も、蓄積されたものは消えない。生殖という行為に、黒精霊の復活の爆弾が仕こまれているので、彼らは子孫を望むことを許されない。黒精霊の力が消えた谷底の地、本来の姿に返った、日照時間の短い痩《や》せた土地での生活は、王都から特別に支援を受けられたとしても、快適とはまったく程遠いものになるだろう。世間と隔絶されていても、それまでが恵まれすぎていただけに、落差は大きい。彼らがそうなってしまうことに、必然性があったわけではない。彼らはたまたま、運が悪かった。それだけの人間たちだ。しかし誰も、そんなことで現実の苦難を納得できるものではない。人生を左右する選択権は、常に他者の手にあることをわかっている者は、少ない。選んで進むのは自分の意思でも、最終決定をして受け入れてくれるのはいつでも他人なのだ。そしてディーノは挑みかけた。黒精霊に毒されていた部分を除去しても、生きられるだけの力があるのかと。世界救済の冒険の途中で、天界の聖女の血を舐《な》めた小さな飛竜《ひりゅう》は、天界の力を有する聖獣・黄金竜になり、さらに聖光竜になった。幼獣のまま、七年経《た》っても変化の見られない容姿は、成長する必要がないからだ。小さな飛竜は、己が為《な》すべきことと、その時を知っている。吐き出される猛火は、ほかの飛竜のものとは性質が違い、魔を祓《はら》うこともできる。小さな飛竜が吐きかけた炎は、熱も勢いもなんら変わりはなかったが、しかし、黒精霊に関《かか》わるものだけを綺麗《きれい》に焼き尽くすものだった。区別し、生態に潜むものまでも焼く、絶対の炎。炎による洗礼。

黒精霊に冒《おか》されたままの者は、純粋な意味で人間と分類することはできない。思考や行動のどこかに、黒精霊の影響を残し、なんらかの支障を生じさせる危険因子を持っている。彼らすべてが死んで灰になるまで、精霊守の民は気にし続けなければならないだろう。水晶竜《すいしょうりゅう》が黒精霊を葬《ほうむ》り去《さ》らなければ、この村で生きていた者たちは、黒精霊の予定どおり、すべて喰《く》らわれていた。だが、どんなに確率が高くとも、現実にならなかったことは、都合よく忘れ去られるものだ。黒精霊が支えていた恵み豊かな生活のいい部分だけを取《と》り沙汰《ざた》して、それを懐《なつ》かしむ者がいたとすれば、黒精霊を殺した水晶竜は悪となり、黒精霊を殺したことを責めたはずだ。しかしそれも、村そのものが消失してしまえば、言うだけ無駄である。災いの種など、ないほうがいい。中途半端《ちゅうとはんぱ》を嫌うディーノは、死を待つだけの迷蝶《めいちょう》のような生き方を許さず、安らぎを懐《なつ》かしむ束《つか》の間《ま》の幻想も打ち砕いて、彼らから戻る場所を奪った。残虐な極悪人であった自分を忘れないから、ディーノは誰からも最も信頼される形で、行動を起こす。精龍王《せいりゅうおう》の眷属《けんぞく》たちは、命じられることなどなくとも、為《な》すべきことをする。彼の行う絶対の裁きの勝利者は、世界のすべての生命から祝福された、真の未来を手に入れることができるのだ。

第十章　帰結

世界地図の形を模して、占い盤に広げられていた銀の砂の黒点は、突然赤に変わった。

「な、何⁉」

驚くシルヴィンに、ルージェスは溜《た》め息《いき》をついて答える。

「火災よ」

「火災って、火事⁉」

「ほかに何があるというの」

その赤い色は、今初めて見るものではない。空気が乾燥している季節に、大規模な山火事が起こったりしたときに、もう何度も目にしてきた。やれやれと肩を竦《すく》め、ルージェスは占い盤をそのままにして、午後のお茶で喉《のど》を潤すために、おとなしく付き従う黒犬を連れて席を移動する。小卓に注ぎ置かれているお茶は、そろそろ飲み頃になっていることだろう。

ルージェスは女王としての公務を円滑に行うため、午前と午後の一日に二回、占い盤を出して世界の情勢を探る。この占いによって、離れた場所で起こっていることも、同時刻に知ることができる。昨日の朝、銀の砂が広げられた占い盤の一角に、凶事を告げてぽつりと存在した黒い点は、ルージェスとシルヴィンの見ている前で、火災を示す小さな赤い点に変わった。占いの行われている、ちょうどそのときに、示されているものが変化するなどということは、これまでなかった。まったくあり得ないことではないのだが、占いを行っている十数分のあいだに事態が激変するようなことなど、まずないのが普通だ。しかし、魔道《まどう》に通じず、仕組みがわからないまま占い盤を眺めていたシルヴィンは、記録されたものを見ている気分だったため、突然の変化に何が起こったのだろうかとびっくりした。占いを行っている時間を狙《ねら》ったように、変化が現れるなどということは、偶然にしてはあまりにできすぎている。見られていることを知っててやっていると考えたほうが、ずっと自然だ。しかも、普通、火事というものは、小さなものが徐々に大きくなる。いきなり大火事というのは、疑うべくもなく、放火だ。そのように瞬《また》く間《ま》に周囲を火の海にできるような、頼もしい相棒を連れている男が、そこにいる。

（無茶苦茶ですわ）

呆《あき》れながらも、ルージェスはそれがあの男らしい行動だなと思う。銀斧《ぎんふ》の戦士は世界で誰よりも、激しく渦巻く紅蓮《ぐれん》の炎が似合うのだ。猛然と圧倒し、侵略して骨の髄まで捕らえる。人は魅せられ、誰も焦がれずにはいられない。失うことすらも、あの男にかかると、至上の欣幸《きんこう》に変わってしまう。肉親や知人、大切な者たちを葬《ほうむ》り去《さ》ったあの男を激しく憎悪《ぞうお》していた者たちさえ、実物とまみえる機会に恵まれたとき、時を共有することになる一度の邂逅《かいこう》に、逃れられないものを感じるのだ。

シルヴィンの見つめている赤い点の中心に、金色の光が閃《ひらめ》いた。

「あれ……？」

見間違いかと、シルヴィンは眉《まゆ》を顰《ひそ》め、占い盤に顔を近づけて目を凝らす。

黒い犬を足元に座らせ、優雅に長衣の裾《すそ》を捌《さば》き、椅子《いす》に腰かけたルージェスは、次にシルヴィンのあげた大声で、危うくカップを引っ繰り返しそうになった。

「ちょっ……！」

「見て見てっ！　消えたわよっ！」

振り返り、占い盤を指さして大騒ぎするシルヴィンに、座ったまま黒い犬は何事かと顔を向け、ルージェスはむっと不機嫌な顔になる。

「わかってますわ、そんなこと」

つんと顎《あご》をあげ、ルージェスはシルヴィンに言う。そこには銀斧《ぎんふ》の戦士だけでなく、聖《せい》魔道士《まどうし》もいるのだ。乱暴な方法は、あの心優しい兄の最も嫌うところだ。火災が起こったなら、被害が大きくならないうちに、消そうとするだろう。どんなに酷《ひど》い火災でも、聖魔道士の力をもってすれば、消し止めるぐらい造作もないはず。

「火が消えたぐらいで……」

「違う違う！　消えたのよ！　谷ごと全部！」

「なんですって⁉」

早く来いと手招きされ、色をなしたルージェスは卓に両手を叩《たた》きつけるようにして腰をあげ、占い盤に走った。蹴《け》り飛《と》ばされそうになった黒い犬は、そのことにびっくりして一度身を竦《すく》ませてから、ルージェスの後を追う。


件《くだん》の地は、丸く抉《えぐ》られるように、その形を変えていた。


「……あんた、指突っこんだんじゃないの？」

とんでもないことを言われて、シルヴィンは慌てて首を横に振る。

「しないわよ！　そんなこと！」

世界の土地を模している銀の砂は、触れれば簡単に形が変わりそうだったが、魔道《まどう》によって行われている占いには、恐ろしくて触れない。そして、残念ながら、ルージェスの言うその犯行を成功させられるほど、シルヴィンの指は細くない。断固として否定するシルヴィンの声を聞き、ルージェスは目を閉じ、そして失神した。

「きゃー！　ちょっとっ！」

引っ繰り返るルージェスに目を剝《む》き、急いで手を伸ばしたシルヴィンは、ルージェスを捕まえて受け止める。けたたましく吠《ほ》える黒い犬の声に、扉の外に控えていた女官が、驚いて扉を開けて室内を覗《のぞ》いた。

封印から逃れ出た黒精霊は死に、封印の地は浄化の炎に焼き尽くされ、谷は無残に吹き飛んだ。地図から消えた地は、まったく、それに相応《ふさわ》しいものとなった。

世界を統《す》べる眩《まばゆ》き光の女王を失神させた事柄は、王都を離れた別天地でも、同時刻に知られていた。

「あら」

城の庭のテラスで、お茶の卓に水晶《すいしょう》の器を置き、それを占いの水鏡にして、世界のある一点の光景を見つめていた麗《うるわ》しい黒髪の美姫《びき》は、きょとんと目を瞬《しばたた》く。

「ねぇ、ジューン・グレイス、これって――」

容姿を裏切らない、金の鈴を転がすような、可憐《かれん》な声。誰もがいつまでも聞いていていたいと切望するだろう甘い声も、しかし、時と場合による。

「聞かないでください……！」

銀のナイフでケーキを切り分けていたジューン・グレイスは、澄んだ空よりも汚《けが》れのない美姫《びき》の青い瞳《ひとみ》から逃れるように、視線を横に逸《そ》らして溜《た》め息《いき》をつく。

（確かにそれだと、後々の面倒はないでしょう……）

一件落着と、言えないこともないが——。

（もうちょっとほかにやり方があったのではないですか!?）

傍若無人《ぼうじゃくぶじん》なあの男に言ったところで聞いてはいないだろうが、常識人としてはそう叫ばずにはいられない。ろくなことをしそうになかったので、気を伝えず眺めるだけにして、かなりの遠景で水鏡に映していたことに、ジューン・グレイスは心から安堵《あんど》した。阿《あ》鼻叫喚《びきょうかん》の地獄絵図が消し飛んだのだろうと、容易に推測できる。

この世界で、素行に一番問題があろうとも、あの男に関してはなんら不安なことはない。精龍王《せいりゅうおう》という存在である以上に、想《おも》い人《びと》に絶対の信頼を寄せている乙女《おとめ》は、首を傾《かし》げて考える。

「いいのかしら」

「いいのではないですか？」

いまさら文句をつけたところで手遅れである。すっぱり割り切って、ジューン・グレイスは菓子を皿にのせる。

「サフィア・レーナ様、シフォンケーキに木苺《きいちご》のソースをかけられますか？」

「ええ」

にっこりと乙女《おとめ》は微笑《ほほえ》む。天上の光を思わせる、優美な微笑みを賛美するように、花々で遊んでいた蝶《ちょう》は乙女の周りを飛んだ。

天空に浮かぶ不可侵の地・浮空城《ふくうじょう》の一角で、精龍姫《せいりゅうひめ》サフィア・レーナと近衛《このえ》騎士ジューン・グレイスは優雅にお茶をしていたが、しかしそのように穏やかな時間を過ごしている者ばかりではなかった。

「うおのれ、あの馬鹿者めが……！」

幼い子どもほどの身長しかない、精霊守一族一番の長老、ソール・ドーリー翁《おう》は占い盤を覗《のぞ》くための踏み台から飛び下り、真っ赤な顔になりながら、垂れ下がった白髭《しろひげ》を踏まずに上手に地団駄《じだんだ》を踏む。二メートルを優に超える長身の精霊魔道師《まどうし》ニーナ・クレイエフは、しみじみと溜《た》め息《いき》をついた。

「ですから、サフィア・レーナ様にお願いしたかったのです」

何も、今に始まったことではない。ディーノが出向くところ、いつでも必ずこのようなことになる。ディーノが出かけたとわかったときから、こういう結果になるのは目に見えていた。何がどうあろうとも、とにかく彼が関《かか》わるとこうなるのだ。同様の力を持っていても、周囲に気づかれず、影響を与えないようにして、事を処理するには、あの優しくたおやかな美姫《びき》がまさしく適任だ。しかし、サフィア・レーナが何をしにいくのかを知れば、ディーノは断固としてそれを許さないだろうし、絶対に行かせまい。けれど知らせずにさっさと事を進めてしまえば、どう反対しようが後の祭りだ。内密にするためにジューン・グレイスに使いを頼んだものの、それが仇《あだ》になり、依頼はサフィア・レーナではなくディーノになされてしまった。ディーノに知れれば、後が面倒だからという、ジューン・グレイスの言い分ももっともだが、やはりこの事態は多分に問題がある。

「いかがいたしますか？」

ニーナ・クレイエフに尋ねられたソール・ドーリー翁《おう》は、憤慨しながら言った。

「わしが知るか！」

肩を怒らせ、小さな足で床を踏みならして、部屋を出ていくソール・ドーリー翁を見送り、ニーナ・クレイエフは考える。

「……まあ、いいか」

黒精霊テザール・ブルガンはいなくなったし、黒精霊を封印していた地も、粉微塵《こなみじん》に吹き飛んだ。封印していた黒精霊に何かあっても、すぐには支障が出ないように計算されていた場所だったので、地形が変わったからといって、大地の気の流れに影響が出るような虞《おそれ》はなかった。現時点で、至急に精霊魔道士《まどうし》が関与しなければならない問題は何もない。谷を吹き飛ばした豪快な爆発は、近隣の地域の者を驚かせ、領主や女王が行動を起こすだろう。彼らが調査を行い、すっかり落ち着いた後で、精霊魔道士たちを派遣し、動植物が健やかに育《はぐく》まれるように、祝福の祈りを与えればいい。

領地の端で起こった爆発に、領主はすぐさま屋敷にいた魔道士《まどうし》を調査に向かわせ、状況の把握と原因の追及を行った。女王領に近い場所であったため、王立治安軍も行動を開始し、不穏分子による事件ではないかと警戒する。

報告が入ってくるなか、早急に謁見《えっけん》を願う者のために、魔道師エル・コレンティは王都にある魔道士の塔《とう》にいた。

「すみません、引火しました……！」

聖魔道士レイムは赤くなり、平身低頭といった様子で、すっかり小さくなりながら、そう報告した。騒動の張本人を前にした魔道師は、ひくりと頰《ほお》を震わせ、詳しい話を聞く。

聖魔道士は平和の象徴たる者であり、行動を起こすようにと正式に命《めい》を下したことが知れると、世の人々は聖魔道士が動かねばならないようなよほどの大事件が起こったのだと危《き》惧《ぐ》する。だから魔道師も女王も、彼には声をかけず、行動を起こしていることを知っても黙認していた。あの地での異変が察知されてすぐ、王都の魔道士の塔から派遣されて現場に向かっていた魔道士も、そこのところは心得ていて、こちらに支障がないかぎりは、いっさいの口出しをせず、聖魔道士の好きにさせていた。生真面目《きまじめ》で自己犠牲を厭《いと》わず謙虚で、滅多なことをする者ではないと、皆から信頼されていた彼が、まさか谷一つ吹き飛ばすような爆発の要因になろうとは、誰が予測するだろうか。

巨大な飛竜《ひりゅう》が村を焼き払い、小さな飛竜によって人間が火達磨《ひだるま》になるという、とんでもない状況下で、レイムはさらに事態を混乱させようというつもりは毛頭なかった。

巨大な飛竜が行ったのは、土地に紛れている黒精霊の影響をなくすための野焼きだ。そして小さな飛竜は、動植物の内に入りこんで蓄積されている、黒精霊の気を帯びたモノを消去するために、火を放った。小さな飛竜の炎は、もちろん熱くて痛いし、包まれると呼吸できなくなり、恐怖心を起こさせるものだが、目的のものを焼き尽くせば、それ以上どうにかなるものではなかった。命を奪うものではない炎は、村や森を焼き尽くす火事の炎と触れ合ったなら、火で火を焼くようにして消滅するものだった。

小さな飛竜の炎は、黒精霊に関係するものを焼き払う。それはどんな小さなものでも、飛び散った体液でも、例外ではなかった。薬剤師であるルミに頼まれて、防腐措置をしておいた黒精霊テザール・ブルガンの死骸《しがい》は、時を止めてあったので、小さな飛竜の炎に包まれても焼かれることはなかった。黒精霊の影響から解放された人たちは、王都の医療機関で治療する必要がある。そのときに、テザール・ブルガンの死骸までまとめていっしょに運んでしまっては、驚かれるだろう。別々に持ち帰ったほうがいいだろうと考えたレイムは、テザール・ブルガンの死骸を、一度目に見えない形にしておこうとしたのだ。落ち着いてから呼び戻して、ルミが望んでいたようにすればいい。呪《じゅ》が絡《から》んで何か起こってはいけないと、レイムが調べようと手を伸ばしたとき、近くの石畳に突き立ったままだった銀斧《ぎんふ》が消えた。銀斧がなくなったことにより、保たれていた危うい均衡は崩壊した。レイムの指がテザール・ブルガンを包む炎に触れたその瞬間、テザール・ブルガンの死骸《しがい》は爆発した。レイムが張っていた結界を破り、谷を吹き飛ばすほどの、甚大《じんだい》な威力で。それはまさしく、引火したという表現がぴったりのものだった。

「不徳の致すところで、まことに申し訳ありません……！」

最初から、ディーノはあの場所を吹き飛ばすつもりだった。わざと、ディーノはあのときに銀斧を呼び戻したのだ。自信をもってそう思うが、レイムにはディーノに責任をなすりつけるような真似《まね》はできない。とにかく、レイムが触れたことにより、大爆発という結果になったのだ。

ただただ、レイムは恐縮するしかなく、そして魔道師《まどうし》はかける言葉がなかった。なってしまったものは、どうこう言っても仕方ない。天界の聖女の力を分け与えられた小さな飛《ひ》竜《りゅう》と、聖なる銀斧に選ばれたうえに精龍王《せいりゅうおう》になった男と、聖魔道士と、黒精霊。しかも黒精霊テザール・ブルガンは、神の戦士の聖獣である水晶竜《すいしょうりゅう》によって葬《ほうむ》り去《さ》られていた。これだけいろいろと入り交じってしまっては、呪も絡むし、引火することもあるだろう——。

爆発によって、封印の地であった場所は粉々に吹き飛び、すぐ近くで待機していた魔道《まどう》士《し》たちも、その巻き添えを食らった。爆心地にいて、ばらばらになっても不思議はなかった者たちはしかし、不思議の力を有する小さな飛竜《ひりゅう》の炎に包まれていたために守られ、これを免《まぬか》れることができた。もっとも酷《ひど》い目に遭ったのは、待機していた魔道士たちであった。消し飛んで封印の地がなくなってしまったので、村人たちも場所に縛られることはなくなった。レイムは魔道を用いて、そこにいた者たちをすべて王都へと移送した。怪我人《けがにん》たちは速やかに処置され、治療を受けたが、しかし、封印の地メルスシャンデールに村を作り、黒精霊テザール・ブルガンに飼われていた人間たちは、誰も助からなかった。黒精霊の影響はあまりに大きく、小さな飛竜の炎によって黒精霊の気を含む部位が焼き尽くされた後には、身体《からだ》の組織は半分も残らなかったのだ。王都の医療宮の医師たちは、懸命の措置を行ったものの、風の前に置かれた蠟燭《ろうそく》の火のように、人々は次々に天に召された。死者は黒精霊の影響を受けていた者たちのみにとどまり、あとの者たちは重軽傷と様々だったが、皆速やかに平癒に向かった。悪意あるお茶会に誘われ、ルミも黒精霊の気を含むものを口にしていたが、しかしルミは小さな飛竜の炎に焼かれることはなかった。家を出て広場に向かうまえに飲んだ水、猛毒を含む水のために、体内に潜もうとしていた黒精霊は死んでしまったのだ。飲み食いしたものが完全に吸収されるまえだったことも、ルミには幸いした。テザール・ブルガンは酸には強い生き物だったが、猛毒には弱かったらしい。水を飲んで落ち着いて、頭がすっきりしたとルミが感じたのは、黒精霊を駆逐したからだ。貴族であるルミは、医療宮での治療に加えて、魔道《まどう》による治癒も行うことができたが、掠《かす》り傷《きず》程度の軽傷であったため、大騒ぎするようなことはまったくなかった。検査をしたところ、黒蓮《こくれん》による悪影響もなかった。痛みを感じないという、特殊な状態にあるルミは、身体《からだ》の傷よりも事件による精神的負担のほうを重要視され、王都にあるフォルティネン侯爵家《こうしやくけ》の屋敷での静養を勧められて、王都に連れられたその日のうちに、医療宮からそちらに移った。

来客があったのは、三日ほど経《た》った日のことである。

「――レイム様」

応接室に通した客の前に姿を見せたルミは、驚いて聖魔道士《せいまどうし》を見つめる。

「こんにちは。お加減はいかがですか？」

席を立ったレイムに先に挨拶《あいさつ》されて、ルミはますますびっくりした。

「はい、わたしはほんの掠り傷でしたので……」

聖魔道士はカルバイン公爵家《こうしやくけ》の公子であり、貴族としても侯爵家の者であるルミよりも格が高い。

（平服で来られたから、なのか？）

名を告げられ、本人を目の前にして、その人と間違いないことははっきりわかるが、しかし、この様子で町のなかを歩いていられたなら、本人であろうと思っても、貴族の身としては声をかけるにかけられない。きっとお忍びなのだろう。ルミは応対に出た者から、供を連れていないことを聞かされていた。貴族とは見えないような、庶民的な服装をしているから、このような気さくな振る舞いをするのかと、ルミは納得する。領地は毒の谷という特殊な環境にはあったが、貴族家の子息としてごく普通に育ったルミは、外聞を憚《はばか》って伏せられたためにレイムの生い立ちがどのようなものであったかを知らず、そう考えたのだ。

こうして間近でゆっくりとまみえることができて、ルミは思う。

（似ているなんて、とんでもない……！）

確かに、髪の長さや身長、体つきは、血縁のために近しい形があるかもしれないが、雰囲気はまったく違う。萌《も》え出《い》づる草木を思わせる、瑞々《みずみず》しく爽《さわ》やかで清《すが》しい輝きは、ルミにはない。何も言わなくても、彼こそが聖魔道士《せいまどうし》と呼ばれるべき者であると、自然と理解できる。彼がそこにいるだけで、空気が澄んで青く香り立つと思える。様々なものが和らぎ、滑らかになる。

視線を受けて、レイムはルミに微笑《ほほえ》み、ルミもにっこりと微笑み返す。長い金色の髪の見目麗《みめうるわ》しい者が二人も揃《そろ》うと、それだけで華やかで、室内はどうにもきらきらしいのだが、本人たちにその自覚はあまりない。

お茶を出そうとした侍女に、お気遣いなくと言って微笑《ほほえ》んだ聖魔道士《せいまどうし》は、なんと手ずからルミにお茶をいれてくれた。先に連絡を入れて了承を得ることなく、突然に押しかけてしまって、こちらの屋敷の者たちの予定を狂わせてしまうことを懸念《けねん》して、レイムはそうしたのだが、ルミはこれを見て固まった。公爵家《こうしゃくけ》ほどの高位の貴族家の者は、お湯を沸かすこともできない者が多いのが普通なのだ。しかし、茶器を扱う聖魔道士の手つきには無駄がなく、作業は流れるように綺麗《きれい》で、芸術のように洗練されていた。容姿が優れていることを退《の》けても、女王に仕える女官や小姓も、彼ほど見事ではないように思える。

(聖魔道士様のいれてくださるお茶……)

畏《おそ》れ多《おお》いというか、前代未聞《ぜんだいみもん》なのではないだろうか。あまりのことに、ルミは今、夢を見ているのではと疑ってしまった。

好みを尋ねてミルクも快く加え入れ、しとやかな姫君に対するように、優雅にルミにお茶のカップを供して、レイムはにっこりと微笑む。

「僕、お茶をいれるのには、少し自信があるんですよ。妹にも褒《ほ》められました」

カルバイン家の妹姫というと、現女王のルージェス・ディストールである。

「そう、ですか……」

公爵家《こうしゃくけ》ほどの高位の貴族家の姫といえば、贅沢嗜好《ぜいたくしこう》で舌が肥えているとみて、間違いない。女王が兄贔屓《あにびいき》であったとしても、あの手つきならば、お茶の美味《おい》しさは十分期待できると思ったが、実際口にしてみると、それは想像を遥《はる》かに超えていた。

「美味しい……！」

お茶の温かみとともに、ほっこりと何か幸せなものが広がり、ルミは自分自身がまろやかになっていくのを感じる。ほにゃんと頰《ほお》の緩んだルミを見て、蜂蜜《はちみつ》を入れたお茶のカップを両手で持ち、レイムも微笑《ほほえ》む。

「よかった、お口にあったみたいで。実を言うと、ジェイクラットさんが、かなりのお料理上手と伺っていたので、ちょっと心配だったんです」

ジェイの名前を耳にして、ルミはぴくりと眉《まゆ》を震わせる。

「あの……」

「まず、謝っておかなければなりません」

頭を下げた聖魔道士《せいまどうし》に、ルミは驚いて目を瞬《しばたた》く。

「なんでしょう？」

聖魔道士に謝罪されなければならないようなことはと、見つめるルミを、聖魔道士は澄んだ翠《みどり》の瞳《ひとみ》で見つめ返した。

「王都の研究機関に、黒精霊の身体《からだ》を持って帰ることをお約束していましたのに、あれに僕の魔道力《まどうりょく》が引火しまして……」

（引火……）

言われて、あの物凄《ものすご》い爆発が何によるものなのか、ルミは理解した。爆発してしまっては、確かに、持って帰るどころの話ではない。

「本当に申し訳ありません」

「いえ、こちらこそ。お手を煩わせまして、大変失礼いたしました……！」

あのときは頭にすっかり血が上っていたが、あらためて思い出すと、聖魔道士《せいまどうし》にあのように物を頼むのなど無礼千万である。丁寧に謝罪されて、ルミは顔から火が出る思いだ。

「あの、今日はそのことで？」

わざわざ足を運んでこられたのだろうかと問うルミに、聖魔道士は微笑《ほほえ》んだ。

「もちろん、それもあったのですけれど……。僕はルミナティスさんたちが、あの谷にあった村にいらしてから、あそこで何が起こっていたのか、すべて知っています。それをお話しするまえに、現在のジェイクラットさんのことからお話ししてよろしいですか？」

あそこで何が起こっていて、どういうことに巻きこまれたのか、それはとても気になっていたところだ。事件の全容を教えるためと、ルミがジェイのことを心配しているだろうと考えて、聖魔道士が屋敷を訪ねてくれたことを知り、ルミはびっくりする。ルミの容体がたいしたことはないということは医者に尋ねればすぐにわかるし、彼ならば、使いをよこしてルミを呼びつけることができたというのに。

あの日、爆発が起こったところで、ルミの意識は飛んでいて、気がついたときには王都の医療宮にいた。掠《かす》り傷《きず》の手当てを受けたルミは、そこからすぐにこの屋敷に移って、現在に至っている。ジェイのことはとても気になったが、水晶竜《すいしょうりゅう》に変化していたことで、保護したほうにもいろいろとあったはずだ。取りこんでいるところに口を挟んで、騒がしくするのはどうかと思って、ルミは様子を尋ねることを遠慮した。元の人間の姿に戻って全快したのなら、ジェイは一度、使徒《しと》の家に移るだろう。それにあのような別れ方をしてしまったのだ。ジェイはミゼルの使徒としての仲間だが、それだけではなく主治医として、患者であるルミを放《ほう》っておくはずはない。黒精霊と戦って重傷を負っていた水晶竜のあの様子からすると、ジェイはまだしばらく、集中治療を受ける必要があるようにルミは思う。生家であるフォルティネン侯爵家《こうしゃくけ》に宛《あ》てれば、ルミに伝言することは容易だ。ジェイからは必ず連絡があるだろうと考えたから、待つことにして、ルミはじっと黙っていたのだ。

「ディーノが水晶竜の爪《つめ》を取り出しましたので、ジェイクラットさんの身体《からだ》にかかっていた変化の術は解かれて、元の姿に戻られました。ジェイクラットさんは、現在、医療宮で集中治療を受けられています。まだ意識は戻っていませんが、命に別状はありません。いきなり水晶竜になったことで、精神的にもかなり負担がかかってしまいましたから、ゆっくりと休息が必要です。黒精霊と戦われたときの傷は、相当の深手ではありましたが、神経系統には異常が認められませんので、機能障害が残る部位というのはなさそうです。医療宮の医師団は、半年の療養が必要だと診断しました。——ミゼルの使徒《しと》として活動なさっていて、普段から身体《からだ》を鍛えていらしたようなので、僕はそれより短くすむと思いますけれど」

「そうですか……」

姿形が人間に戻ったと知り、ルミはほっとする。

「大神官長ヒルキスハイネン様は、ジェイクラットさんに再度神官試験を受けられるよう、勧められるようです。六年まえから毎年受けられている神官の一般級試験でも、ジェイクラットさんは十分合格資格を有しておられたのですが、水晶竜《すいしょうりゅう》の爪《つめ》に関する一件があり、残念ながら合格を見合わせられていたのだそうです」

聖魔道士《せいまどうし》の言葉に、ルミは頷《うなず》く。

神官候補生として育ったジェイは、もともと素質があって、かなり優秀な生徒だった。世界各地から人の集まるような、由緒《ゆいしょ》ある巡礼場所の神官になるべく学んでいた彼が、神官の一般級試験に合格しないほうが腑《ふ》に落ちなかったぐらいだ。一般級試験に合格したなら、ジェイは神の戦士に水晶竜の爪を継承させる資格を欲することは目に見えている。だが水晶竜の爪に関することは、あの地の神官であったランスリールが亡《な》くなり、関係書物が焼き払われて、詳細不明という状態になってしまった。調査は七年かけて行われたが、やはりそれを探ることは不可能で、水晶竜《すいしょうりゅう》の爪《つめ》はジェイに預けられた。神の戦士か否《いな》かの審判をジェイに行わせると言ったディーノの言葉に、意味があるものと判断され、それに賭《か》けられたのだ。その神具の価値がわからないと認めて、威信を地に貶《おとし》めることは、聖教会の名において絶対に許されなかった。ディーノによって、審判の言葉が伝えられ、水晶竜を具現させることができた今、ジェイを神の戦士に関《かか》わる神官に任命しない手はない。ジェイがそれを受けなければ、水晶竜の爪は、宝物殿の奥深くにしまいこまれることだろう。

「――なんだか、一気に動きはじめたような気がします」

聖魔道士《せいまどうし》に、ルミは儚《はかな》い笑顔を向けた。

叔父《おじ》が亡《な》くなったと、ルミは昨日知らされた。フォルティネン侯爵家《こうしゃくけ》の人間は、総じて短命である。亡くなった叔父はそれでも長生きしたほうだが、四十歳を幾つも過ぎていなかった。ルミがミゼルの使徒《しと》として活動できる、自由を許されているのも、もうしばらくのことだろう。跡継ぎを残し、命を繋《つな》げて、次世代の者と領地と領民を守っていくために、望む望まないにかかわらず、ルミには婚姻《こんいん》する義務がある。ディーノとの邂逅《かいこう》を果たしたジェイは、新たに自分の道を歩きはじめなければならない。優秀な医師にして、調理師で、水晶竜の爪を預かる神官となり、宿場町イルドには彼の帰りを待っている優しい者たちがいて、愛する女性と彼を受け入れてくれる家がある。帰る家も家族もなくしてしまったが、彼の生まれた土地は、新たなる神官と祀《まつ》られるべき水晶竜《すいしょうりゅう》の爪《つめ》を待っている。器用な人間には、会得《えとく》できるものはいくつもあるが、未来に進むために生かせることはごくわずかだ。切り捨てて、諦《あきら》めなければならないことは、多い。どんなに楽しくても日が暮れれば、遊びやめて誰もが家に帰らなければならないように、多くの許しのある夢のような時間は、必ず終わるのだ。

目の前にいるのに、透けて、光に解けて消えてしまいそうに、存在が希薄になるルミを、レイムは不安に瞳《ひとみ》を揺らしながら見つめる。手を伸ばせば届くはずの距離が、酷《ひど》く遠い。指先が空を掠《かす》めるのではないかと思えて、触れようとすることすら怖くなる。

「あの……、僕に何かできることはありませんか？」

差し出がましいと思いながらも、そっと尋ねたレイムに、長い睫《まつ》毛《げ》を動かして静かに瞬《まばた》きしたルミは、庇護《ひご》欲《よく》を刺激してやまないあえかな顔で、ふんわりと微笑《ほほえ》んだ。

「それでしたら――」

その日、宝石商を営むフォルティネン侯爵《こうしゃく》領《りょう》では、素晴らしい顧客を獲得した。

第十一章　漸進

肉桂《にっけい》の香りのする煙草《たばこ》を吸って、ジェイはぼんやりと天井を見上げる。金色のものが目の端で動いた。長い金色の髪を揺らして、いつものようにルミが近づいてきたので、ジェイは煙草を寝台の近くの小卓の灰皿の上に置いて、左手を伸ばし、その首を捕らえて引き寄せ、自分の頬《ほお》と頬を触れ合わせる。右手で首筋に触れて……。

「……？」

目を閉じたまま、ジェイはむっと眉《まゆ》を顰《ひそ》める。体温も脈拍も正常だが、何かが――。

「――おはようございます」

遠慮がちに耳元で囁《ささや》かれた清《すが》しい声に、ジェイは驚いて目を開けた。

「気分はどうですか？」

にっこりと微笑《ほほえ》んでそう尋ねたのは、ルミではなく――。

「……！」

仰天して手を放し、飛び起きようとしたジェイは、貧血と全身を襲った激痛で、体を中《ちゅう》途半端《とはんぱ》に起こしたものの、再び寝台にぶっ倒れた。

「あぁ、いきなり無理しないでください。まだ安静が必要ですから」

聖魔道士《せいまどうし》は突然起き上がってくずれたジェイに驚き、きょとんとしてからそう言った。

目眩《めまい》を起こしながら、ジェイは飛び出しそうになった心臓を飲み下し、とても顔向けできず、聖魔道士から目を逸《そ》らす。

「す、みません……！」

喉《のど》は塞《ふさ》がっていたかのように違和感があり、声はくぐもって不明瞭《ふめいりょう》で、自分のものとは思えなかった。

「はい」

低血圧のレイムは、ジェイの格好に親近感を抱き、くすくすと笑いながら、乱れたジェイの上掛けを直す。

レースの布の掛かった天蓋《てんがい》を見上げながら、ジェイは混乱する。

(なんだ⁉　いったい、どうなって……)

着ている物はジェイの物ではなかったが、いかにもジェイが寝間着にして休んでいそうな、ランニングシャツとコットンパンツだ。ジェイが寝かされているのは、使徒《しと》の家や牧師館とはまったく違う見知らぬ部屋、一級品の家具や調度品ばかりを揃《そろ》えた、豪華な部屋だった。天蓋つきの大きな寝台に置かれているのは、お日様の匂《にお》いのする清潔で温かい上等の寝具だ。心地よくて、いつまでも寝ていたい誘惑に駆られるが、そういうわけにはいかない。

「――あの……」

「あぁ、すみません、ちょっと待ってください」

離れた場所から返事があり、深緑《ふかみどり》の瞳《ひとみ》を動かしたジェイは、聖魔道士《せいまどうし》が扉を開けて、隣の部屋に行くところを見た。チリリンと鈴を鳴らしてから、聖魔道士は寝室に戻ってきた。寝台の枕元《まくらもと》に椅子《いす》を持ってきて腰かけ、にっこりと微笑《ほほえ》んで、レイムはジェイに尋ねる。

「気分はどうですか？　痛むところはありますか？」

「……気分は……、悪くありません。痛むところは……」

喉《のど》が温まったのか、今度はまともな声が出た。天蓋《てんがい》を見上げ、ジェイは息を吐く。

「……全身です……」

寝惚《ねぼ》けていたせいか、さっきの、毎朝の検温の動作のときにはどうして気づかなかったのか、いまさらながら不思議でならない。力を入れて動かそうとすると、どこもかしこもぎしぎしと軋《きし》むような感じがし、ばらばらになりそうに、痛い――。

（どこから落ちた？）

ミゼルの使徒《しと》になりたての頃に経験した、高い崖《がけ》から転落したときの、全身打撲の痛みと似ているような気がして、ジェイは考える。どこで何をしていたのか、さっぱり思い出せない。

ジェイの返事を聞いたレイムは、苦笑して頷《うなず》いた。

「はい」

なんとも言えないという表情をしている聖魔道士《せいまどうし》は、ルミと遠縁にあるという血縁を証明するとおり、綺麗《きれい》な容姿には似通った点が多かった。聖魔道士のほうが年上でも、後ろから見たならば、区別がつかないだろう背格好だ。趣は違うが、やはり美女顔で体型は細身で、ルミよりも少し甘さを控えた金色の髪は、長さも雰囲気も手触りも輝きもよく似ているし、肌の色の白さも、きめ細やかさも似ている。間近に引き寄せたときに感じる香りが違ったから、ジェイは違和感に襲われたのだ。同じ香水をつけられたら、目を閉じて触れてもわからなかったかもしれない。ルミとは日課になっている行為だが、聖魔道士相手にそれをしてしまったジェイは、決まり悪くて居《い》た堪《たま》れない気分になる。起き上がって早々に暇《いとま》を告げたいところだが、身体《からだ》がこれほど痛むのでは、寝台を出ても速やかに歩き去ることなどできはしない。寝惚《ねぼ》けたのはわかってくれているだろうし、どうにもならないので、ジェイは言い訳せずに恥をかき捨てることにした。

「レイム様」

寝室に入ってきた少年の声に、聞き覚えがある気がしたジェイは、目を動かしてそちらを見る。先ほど呼び鈴を鳴らした聖魔道士《せいまどうし》は、小姓を呼び、飲み物を運ばせたようだ。ジェイは少し考えてから、その少年が青紫の魔道士の法衣を着ていたことを思い出した。

(どこで……)

見かけたのだろうか。眉《まゆ》を顰《ひそ》め、記憶を探ろうとするジェイに、少年の持つ銀盆から飲み物の入った硝子《ガラス》の器を取ったレイムがにっこりと微笑《ほほえ》む。

「そのままでいいですから、これをひと口飲んでください」

横になったままでも楽に飲み物を口にできるように、吸い口の付いた器には、薄い緑色の液体が入っていた。

「楽になりますよ」

ただの水ではなさそうだが、相手が相手だったので、ジェイはおとなしく従って、唇《くちびる》を開き、飲み物を口に流しこんでもらった。

「!?」

口のなかいっぱいに、何やら妙な青臭い匂《にお》いが広がり、苦みで舌が痺《しび》れた。思わず息を止めてしまったジェイは聖魔道士を見たが、彼は女神のように慈愛に満ちた優しい笑みを浮かべて枕元《まくらもと》の椅子《いす》に座っている。吐き出したくとも、この状態でそれを行うわけにはいかず、ジェイは震えながら気力でそれを飲みこんだ。つんと鼻の奥に痛みが走り、目が一瞬にして潤んだ。水は冷たい塊となって、まっすぐ胃のほうに落ちていく。

（なんだ、これは……⁉）

　王都の医療宮で治療を受けていたときに、たいていのものは飲まされたし、食べられるものを一つでも多く見つけたいというルミの好奇心につきあって、普通は口にしないものまで味見してきたが、こんなものは生まれて初めてだ。不味《まず》い。これまでの人生で口にしてきた、何よりも不味い。庭先に撒《ま》いたなら、犬猫の類《たぐい》が絶対近寄ってこないどころか、虫も逃げだし、雑草も枯れるに違いない。十二年まえに死んだ家族や友だちや、尊敬していた神官の幻が見えそうだ。ゆっくり深呼吸して気持ちを落ち着け、全身、すべて神経が生きているのだろうかと、確認しようとしたジェイは、左手が直接布に触れていることに気づく。

「⁉」

　顔色を変えたジェイを見たレイムは、にっこり微笑《ほほえ》んで視線で促す。

「あそこにあります」

　横になっている寝台の、足側に置かれた小引き出しの上には、水晶竜《すいしようりゆう》の爪《つめ》を刃《やいば》にして仕こんだ黒い革の手袋と、銀の煙草入《たばこい》れがあった。透き通る銀色に輝く五枚の刃を見て、ほっとするのと同時に、ジェイは違和感を覚えて、眉《まゆ》を顰《ひそ》める。

「あれは、あの形がいいらしいです。君が大切にしていたからって。都合が悪ければ、どうぞ好きなように変えてください」

怪訝《けげん》な顔になったジェイに、レイムは微笑《ほほえ》んだ。吸い口の付いた器を銀盆へと戻すレイムを、小姓の少年は困った顔で見つめる。

「あのぉ、レイム様……」

「なんだい？　ヒナくん」

「こちらは、いかがいたしましょう……？」

少年が尋ねたのは、レイムが今置いた吸い口のある器の横の、小さな玻璃《はり》の器のこと。

「あ」

少年に笑顔を向けていたレイムは、玻璃の器に入っている林檎《りんご》のジャムを見て、頭のなかが真っ白、という表情になった。ネール水と呼ばれるこの薬草水が、破壊的に不味《まず》いものなので、先に舌を和ませておくために、この甘いジャムを支度《したく》させたのだ。

「――馬鹿が」

にべもないひと言に、レイムはがくりと顔を伏せて撃沈し、どきりと胸を鳴らしたジェイは、驚愕《きょうがく》しながら、その声の聞こえてきたほうに目を向ける。

（この声……！）

絶対に忘れない。しかしそれは、抜き出されて美化されていく記憶よりも、さらに惚《ほ》れ惚《ぼ》れとする趣があり、身体《からだ》にじんとくる、響きのいい低くて太い声だった。

寝室の掃き出し窓を大きく開いたテラスに卓と椅子《いす》を置き、端正な横顔を向けてなんとも優雅な様子でお茶の時間を楽しんでいる男がいた。日の光を受けているのは、漆黒の髪。男という形の粋を極め、見事なまでに完成された、雄々しき美漢がそこにいる。

「ウキュ」

お茶の卓の上に座り、両前肢《りょうまえあし》で梨《なし》を抱えて齧《かじ》っていた小さな飛竜《ひりゅう》が、目を覚ましたジェイに顔を向けて、愛想《あいそ》よく翼を広げてみせた。

「――ジェイクラットさん、く、口直しに……、甘いものを少しいかがですか？」

「いえ……」

引きつったような聖魔道士《せいまどうし》の言葉に、ジェイは余所《よそ》を向いたまま返事をする。

（どうしてここに……）

あの男がいるのか、ジェイにはまったくわからない。しかも、なぜあんなふうに寛《くつろ》いでいるのだろうか。彼の背後には整えられて緑も鮮やかに、色とりどりの花が咲き乱れる美しい庭がある。絵のようにあまりに綺麗《きれい》な光景に、ジェイは夢でも見ているのかとも思ったが、身体《からだ》じゅうに感じる激痛は、これが生々しい現実の時間であることを証明している。

ジェイの気持ちが別のところに移ったようなので、小姓の少年は主人に会釈《えしゃく》して、銀盆を持って下がった。

「ここは王都で、彼の離宮です」

聖魔道士《せいまどうし》に教えられ、ジェイはこの部屋の豪華さ、調えられた居心地のよさに納得する。ここがかの銀斧《ぎんふ》の戦士の離宮ならば、彼が寛《くつろ》いでいようとも、まったく不思議はない。しかし——。

白磁のカップを持ち上げて、香りを楽しみ、ゆったりと贅沢《ぜいたく》に味わいながら上等のお茶を飲んだディーノは、瞳《ひとみ》だけを動かしてジェイを見た。凍えた炎を宿す青い瞳を向けられたジェイは、その瞬間思わず息を詰めた。そして思い出す。確かに逢《あ》ったことを——。

ディーノと視線を結び、ぎゅっと身体《からだ》を硬くしたジェイに、レイムは話しかける。

「君は四か月ほど、眠っていました。黒精霊と戦って大怪我《おおけが》をしたこともそうですが、変化によって身体と精神に常にない負担がかかったためです」

ディーノを見つめながら、ジェイはびくりと肩を震わせる。ばらばらになりそうな全身の痛みは、水晶竜《すいしょうりゅう》になったからだ。

「あのときの傷は、水晶竜の力があって、すべて綺麗《きれい》に完治しましたが……。ジェイクラットさん、今なら、あなたの身体にある大きな傷を消すよう、頼むことができます。どうしますか？」

聖魔道士の言っている傷は、十二年まえにディーノによってつけられた、残酷な刀傷のことだ。盛り上がった肉芽《にくが》で、水竜の形に見える大きな傷は、どうにもものものしい。気味悪がられることなど、毎度のことだった。聖魔道士であるレイムは癒《い》やしの魔道が使えるが、水晶《すいしよう》竜《りゆう》に変化したジェイは、少なからず水晶竜の不思議の気を帯びている。精《せい》龍《りゆう》王《おう》となり、その力を巧《うま》く用いるために精霊魔道師《まどうし》に魔道の訓練を受けているディーノも、癒《い》やしの魔道が使える。レイムの魔道では呪《じゆ》が絡《から》むことがあるかもしれないので、水晶竜の爪《つめ》を扱うことのできるディーノに頼もうかと、ジェイに誘いかけている。嫌《けん》悪《お》されたり、妙な疑いをかけられる傷痕《きずあと》なら、ないほうが面倒なことにならない。

記憶の戻ったジェイは、澄んだ深緑《ふかみどり》の瞳《ひとみ》でディーノを見つめ、不機嫌な顔で言った。

「嘘《うそ》つき」

そしてジェイはふいと視線を逸《そ》らし、上掛けを顔の上まで引っ張り上げ、ディーノに背中を向けるようにして、寝台のなかで身体《からだ》を丸めた。動かした身体は、びしびしとひび割れるのではないかと思えるほど痛かったが、それよりジェイはもっと腹を立てていた。

「ふ……！」

カップを置いたディーノは、不貞寝《ふてね》するジェイに爆笑した。卓に座っている小さな飛《ひ》竜《りゆう》は、朗らかに笑っているディーノを円《つぶ》らな目で眺め、梨《なし》を齧《かじ》りながら首を傾《かし》げる。

ディーノの笑い声に負けない大声で、布団《ふとん》のなかからジェイは怒鳴る。

「お前にはやらない！」

「あぁ」

笑いながらディーノは頷《うなず》く。水晶竜の爪は、正式にジェイに継承された。ディーノがジェイの身体《からだ》に水晶竜《すいしょうりゅう》の爪《つめ》を突き入れて、ジェイを水晶竜に変化させたのは、神に反感を抱く黒精霊がそこにいたことによる座興だ。水晶竜の爪は継承者の身体に入れることでその役目を果たすものであることと、神の戦士と水晶竜が同一のものであることを、ディーノはジェイにわかりやすく教えてやった。強引な方法で、ひょっとするとジェイが死んでいたかもしれないが、そんなことにはディーノはまったく頓着《とんちゃく》しない。水晶竜に変化するのは一人でもできるが、元の人間の姿に戻るのには、水晶竜の爪を取り出すもう一人の継承者の協力がいる。長期にわたって水晶竜のままでいると、人間である部分は消滅する。だから、神の戦士に墓はないのだ。水晶竜の爪と呼ばれているものは、水晶竜の気が凝《こご》ったものであり、もともと決まった形はない。だから形は継承者の望むままに変えられる。

すっかり拗《す》ねた様子のジェイと、人の悪いディーノに、レイムはやれやれと溜《た》め息《いき》をつき、雲間から顔を出す月のように上掛けから少しだけ覗《のぞ》いていたジェイの頭を撫《な》でた。

身体に消えない傷を刻みつけたその男に、ジェイはあらゆるものを奪われて、人生の半分以上も振り回されて生きてきた。反発して意地になり、負けまいと必死になって、鼻を明かせるだけの人間になるために一生懸命努力して。ジェイが笑わないのも肉食なのも、全部、ディーノが余計なことを言ったからだ。預けておくなどと言われたので、水晶竜の爪《つめ》の継承者、神の戦士か否《いな》かの審判を行わなければならないと、ずっと思っていた。その審判を、こともあろうに自分が彼に行われた。ジェイは歯噛《はが》みするほど悔しくて、情けなくて堪《たま》らない。

いかなるものかを知ったから、ディーノは水晶竜《すいしょうりゅう》の爪に興味をなくして、あれを五本と一片に分けて価値を貶《おとし》め、本物の神具ではないなどと罵倒《ばとう》した。ディーノにとっては、欲しい物以外は、等しくすべて屑《くず》である。強い思いが力となるこの世界では、見限られた神具はその力を失う。呪《のろ》わしく邪魔な神具も、祀《まつ》られなくなり、忘れ去られれば、次第に力を失い、名実ともに神具ではなくなるのだ。だから水晶竜の爪は、黒い革の手袋に仕こんだ武器として、ジェイに渡された。

幼かったジェイはそのことを知らなかったが、戦士の里の神官は、審判の言葉を引き継いできた、水晶竜の爪の継承者だった。しかし水晶竜の爪を継承しても、神がその存在を求めなければ、神の戦士はこの世に存在しない。だから審判で認められた者がいても、初代以外に神の戦士はいないのだ。ディーノは純真な子どもであったジェイを利用し、審判を受けるという言葉で、ジェイに水晶竜の爪を押しつけることを企《たくら》んだのだ。

世界各地を飛び回り、好きなことをしているディーノは、日々にかまけて十二年まえの言葉や水晶竜の爪のことなど、きっと忘れている。だが、何かのはずみで思い出してしまうかもしれない。万に一つのことだろうが、しかしそれでも、可能性がまったくないわけではない。生真面目《きまじめ》なジェイは、そのことを真剣に考えた。故郷は失われ、その地にジェイがいたことを証明できるのは、世界でディーノ一人なのだ。由緒《ゆいしょ》ある地に生まれた誇りを確かにしてくれる男の存在は、悲しいことにジェイの心の支えでもあった。

　ジェイは六年ものあいだ、毎年毎年試験を受け、これ以上ないことをしても神官の一般級の資格すら得られない自分に落ちこみ、焦《あせ》り、気まぐれな遊びを楽しむようにいつか審判を受けにくるのだろう彼に脅《おび》えた。もう二度と失いたくないと切望したジェイは、イルドの町に留《とど》まることをよしとせず、医師免許を取得したことで資格を得、申請してミゼルの使徒《しと》になった。救世の英雄と呼ばれても、なんら変わることのない男に傷つけられたくなくて、捨て去るふりをしてジェイは優しい人たちのもとから離れた。怖くて苦しくて逃げながら、しかし一秒でも早くけりをつけて楽になりたくて追いかけて——。ジェイは一生ディーノのことを忘れてやる気などないから、傷を消させるつもりはない。

　布団《ふとん》のなかで丸まっているジェイの頭を撫《な》でながら、聖魔道士《せいまどうし》はあの村で何が起こってどうなったのかをジェイに話した。好きなようにお茶の時間を楽しんだディーノは、巨大な飛竜《ひりゅう》に乗ってどこかに行ってしまった。この日のその時間に来ただけで、ディーノは離宮で寝起きしていたのではなかったらしい。まだ静養が必要なジェイは、ディーノの離宮を出て医療宮に移った。

この先、どこでどうするのかは、まだまったく考えていなかったが、正式に水晶竜《すいしょうりゅう》の爪《つめ》を継承したジェイは、当初の予定どおり、神官の資格を取得して、審判者になることを決めた。

神官の資格取得試験は、ほかの資格取得試験や入学試験と同様に年一回行われていて、今年の試験はジェイが怪我《けが》をして眠っているあいだに、終わってしまっていた。毎年試験まえには、ミゼルの使徒《しと》としての回国《かいこく》の活動を止め、十日間程度の合宿の集中講義に参加して模擬試験を受けたりしていた。不合格の理由を聖魔道士《せいまどうし》に聞かされ、ほっとしたジェイは、それでもやはり例年どおり合宿に参加して、来年の試験を受けることにする。

一か月ほど医療宮で治療を受けたジェイは、その後、ミゼルの塔《とう》の掲示板に登録票を掲示して、回国の活動を行う仲間を待つ形で使徒の家に移って起居しながら、鈍っていた身体《からだ》を動かし、完全に運動機能を回復させた。実家で待機中という登録票を掲示していたルミは、ジェイが来たら渡してもらえるようにと、ミゼルの塔に煙草《たばこ》を預けていた。ジェイは手紙を送ってルミに現状を知らせ、主治医として変わったことがないかを尋ねた。返事を送ったルミは、ジェイが活動を開始できそうな頃に聖地にやってきて、使徒の家に入った。谷を吹き飛ばした爆発で、あの場所は粉々に吹き飛んでしまったが、ルミが持っていたために、使い慣れたジェイの往診鞄《おうしんかばん》とルミの薬品鞄は、無傷で残っていた。

聖地の食堂で短期間働いて、いくらか稼いだジェイは、それで身の回りのものを揃《そろ》え、半月後、制服を新調し、新しいショルダーボストンを持って、治水技師と農業博士を新しい仲間とした。四人で組んで、これまでと同じようにジェイはルミと、ミゼルの使徒《しと》としての回国《かいこく》の活動を開始した。

「今度は、大丈夫かなと思ったんだけどね」

「………」

公園のベンチに腰を下ろし、力なく笑うルミといっしょに乗り合いトカゲ車を待ちながら、ジェイは煙草《たばこ》をふかす。

ジェイが新聞を読んでいるのは相変わらずだが、些細《ささい》な手掛かりを見つけては、銀斧《ぎんふ》の戦士を必死に追いかけ回すというのではなくなった。だから、これまでのような『不幸な事故』に遭うことはなくなるかと思ったのだが、現実はそんなに甘くなかった。休息のために立ち寄った町で、水道橋の建設中に崩落事故が起き、二人の仲間はそれに巻きこまれて他界した。事故による怪我人《けがにん》の治療を速やかに行ったジェイとルミは、ミゼルの使徒として定められている回国の活動最低人数を割ってしまったので、ここで活動中止である。聖地を出発して、二か月と経《た》っていなかった。朝起きて、魔道士《まどうし》の塔《とう》に行って活動報告書を提出し、その足で乗り合いトカゲ車の停留所となっているこの公園に来たのである。

「イルドでいいだろう？」

「…………」

ジェイは返事をしなかったが、ルミはかまわず、ジェイを連れて宿場町イルドに向かう大型の乗り合いトカゲ車に乗りこんだ。先の回国《かいこく》の活動が終わって、王都からフォルティネン侯爵領《こうしゃくりょう》に戻る途中で、ルミはイルドに立ち寄って、雉子亭《きぎすてい》に一晩泊めてもらい、エレインとハッシュにジェイのことを話した。ジェイからは手紙の一通も届かなくても、銀《ぎん》斧《ふ》の戦士との邂逅《かいこう》がどういうことになったのかを二人は知っている。回国の活動を始めていなくとも、ミゼルの使徒《しと》として活動する意思表示をし、登録票を掲示した時点から、魔《ま》道士《どうし》の塔《とう》に問い合わせれば、そのミゼルの使徒がどこでどうしているのかを知ることができる。ジェイを慕う少年たちの誰かが尋ねてこっそりと情報を流しているので、ジェイがどこで何をしているのかは、イルドの町ではけっこう筒抜けなのだ。イルドは女王領にある宿場町なので、それほど王都から離れているわけではない。ジェイに面会することはなかったが、王都の医療宮にいたときにも、何人かがジェイを見舞いに訪れていた。

夕方になって日が傾く頃、乗り合いトカゲ車はイルドの町に入り、ジェイが何も言わなかったので、ルミはジェイといっしょに雉子亭に向かう。いつものように、町に戻ってきたジェイに、通りの商店の者たちが賑《にぎ》やかに声をかけ、にこやかに微笑《ほほえ》むルミと並んで歩きながら、ジェイは無言で会釈《えしゃく》を返す。

近くの宿屋への配達から雉子亭に戻ってきたらしい少年が、近所の者たちの賑やかな声に気づいて、扉を開けてなかに向かって叫ぶ。

「エレインさん！　ハッシュさぁん！　ジェイが戻ってきましたー！」

　お日様を思わせる晴れやかな眩《まぶ》しい笑顔で、尻尾《しっぽ》を振る子犬のように走り寄ってきた少年の姿を見て、ジェイはゆっくりと目を瞬《しばた》き、ルミはくすくすと微笑《ほほえ》む。

「やあ、ひさしぶりだね、リンゼ」

「お二人は出戻りですか？　やだなぁ、ついこのまま出発したばかりじゃないですか」

「いろいろあってね」

　微笑むルミに、使徒《しと》殺《ごろ》しという聞こえの悪い名前に、また貫禄《かんろく》が出るではないかと、リンゼは苦笑し、二人を促して雉子亭に向かって歩きだす。

「おい……」

　ジェイに声をかけられたリンゼは、にっこりと笑う。

「僕、怪我《けが》で医療宮にいて、今年の研究員試験、受験し損ねちゃったんですよ。家に戻って勉強して出直そうにも、戻るためのお金もないし。預かっていただいていた鞄《かばん》と靴《くつ》を取りに寄るついでに、働き口はないかって、ハッシュさんに相談したんです。そうしたら、しばらく住みこみで置いてくださるって言ってくれたんで」

　ここで働きながら勉強して、来年の試験を受ければいい。そういうことになったらしい。雉子亭の主人、男気のあるハッシュ親爺《おやじ》は、面倒見がいい。娘のエレインと二人でき

りもりしている店なので、一人店員が増えて大助かりだ。

「飛行船のことはね、もういいかなぁって思うんです。でも、せっかく受験資格があるんですから、王立学問所の研究員試験を受けてみたくって。だってミゼルの使徒《しと》になって頑張ったんですから、このままっていうのももったいないでしょう？　何がやりたいかってまだよくわかんないんですけど、入ってから考えるのでもいいですよね。まだまだ世の中には、僕の知らないことがたくさんあるんです。大学に行って、もっと勉強してもいいかなぁとかも思うんですけど、お金かかりますしね。ジェイみたいに奨学金受けられるといいんだけどなぁ。奨学生資格認定試験は、入学試験のまえですよね。これも、試《ため》しに受けてみるつもりです。駄目でもともとですから」

西日に茶色い瞳《ひとみ》と柔らかい髪をきらきら輝かせ、にこにこと喋《しゃべ》っているリンゼを見つめているジェイに、ルミは吹き出した。

「……ジェイ、君、リンゼが死んだと思ってたね？」

「えー!?　なんですかそれ！　酷《ひど》いなぁ！」

視線を逸《そ》らしたジェイに、リンゼはむくれて、ぷくっと頬《ほお》を膨らます。

崩壊する塔《とう》で、鐘《かね》を鳴らしたリンゼは、後を追ってきた者たちを下敷きにする格好で、落下した。たまたま、人間の身体《からだ》が緩衝材になり、打撲と骨折はしたものの、リンゼは一命を取り留めたのだ。あの後現れた銀斧《ぎんふ》の戦士が神殿の屋根を破壊した爆風を受けたリンゼは、広場から森に転がり出たために、小型の黒精霊に喰《く》らわれることも免《まぬか》れ、巨大な飛《ひ》竜《りゅう》の火で焼かれるより先に、小さな飛竜の放った火に取り巻かれた。黒精霊テザール・ブルガンが爆発したときに、小さな飛竜の炎で保護されていたため、リンゼは谷の外にいた魔道士《まどうし》たちのように重傷を負わなくてすんだ。

　王都の離宮で目を覚ました日に、聖魔道士はあの村で起こったことについて、すべて話してくれたのだが、ジェイはどうもそこのところ、いい加減に聞いていたようだ。ごく普通に考えて、生きているような状況でもなかったのは、リンゼ本人も認める。

「本当に、運が強いよね」

「任せてください♡」

　リンゼはルミに得意げに、にっと笑う。

　ミゼルの使徒《しと》として回国《かいこく》の活動を行って、悪名高い二人と組んで生きて帰ったのは、リンゼだけだ。自慢してもいいだろう。

　腕をあげたジェイは、茶色い髪の合間に指を滑らせ、リンゼの頭をぐしゃっと撫《な》でた。乱暴だが、大きな手の重みがなんだかくすぐったくて、リンゼはジェイを見上げて笑った。

――生きてみろ。

十二年まえ、そう挑みかけたディーノの言葉を、ジェイは思い出す。そう。まずそれが始まりだ。それなくしては、何もない。すべての未来と可能性は、とても当たり前のことから始まる。速く走ることも、高く跳ぶことも、たくさん何かができることも必要ない。

「おう、帰ってきたかよ」

リンゼに連れられ、ルミと並んで歩いてくるジェイを見て、開け放していた扉から出てきたハッシュが、前掛けで濡《ぬ》れた手を拭《ふ》きながら快活に笑った。

頭上に影が落ち、見上げたジェイに向かって、どこからか小さな飛竜《ひりゅう》が飛んできた。

「ウキュキャオ」

気まぐれな獣は、それが当然であるかのように、ジェイの左腕にしがみつく。

「お帰りなさい」

優しい笑顔を浮かべたエレインに、ほんの少し、唇《くちびる》の端を持ち上げてジェイは言った。

「……ただいま」

あとがき

定期検診に行ってないかもしれない。
どっかが悪くて治療をしていて、その経過確認とかいうのではなくて、ごくごく一般的な、歯科とかで行っている、あれね。学校に通ってるときには、行事として春頃にありますよね。これってば、強制参加。で、社会人は自主参加。予定を組んで時間をつくるのは、けっこう面倒。転居するまえは、年一回、歯科にはわりと真面目《まじめ》に行ってたんだけどなぁ。転居して、家の近所のどこにどういう医療機関があるのかのチェックが、ちょっとおろそかになっちゃって、自然と足が遠のいてしまったと言いますか……☆
身体《からだ》の悪い部分が見つかるのは、早く治療ができるんで、それはすっごくいいことなんだけれども、今まで知らなかったモノを見つけてしまうかもしれないというのが、怖くもあったりして、ねぇ？　冷蔵庫のなかで遭難していて、長ぁいこと忘れ去られていた容器の中身を確かめるときに、どきどきしちゃう、あれと似た感覚ですね。知らなかったら怖くないいみたいな♡　って、いかんではないか☆　わたし！

ちまちまと多種多様なマイブームのなかには、デンタルケアもありました。ブームが去って熱は冷めましたが、一時期凝ったので、そのときから性質の違うイオンの電子歯ブラシを二種類愛用してます。これは今もお気に入り♡　コップ付きのトラベル用のセパレートタイプの物も、イオンの電子歯ブラシなのだな♡　歯医者さんで使うような、丸い小さなミラーとピックも持ってるので、ときどき思い出したように歯石チェック！　歯間掃除用のフロスもあるから、きゅきゅきゅっとね♡　何日かかけて、きちっと綺麗《きれい》にしたら、達成感で気分爽快《そうかい》で、気持ちいいんだ、これが♪　歯磨き粉にもチェックを入れて、歯の再石灰化を助けるような物を選んで使ってます。

そんなこんなで、それなりにいくらか気を遣っていたりするわけなんですが……。だからといって、検診に行かなくていいってことにはならないよねぇ☆　自分じゃケアできないこともあるし、隅々までよーく見えてるわけじゃないしさ。

不良箇所は即事故に繋《つな》がって、自分も他人も痛い目に遭うから、バイクの定期点検には、本当に真面目《まじめ》に行ってたのよ。被害者が自分だけとなると、どうも怠惰になって駄目ね。バイクとかの機械と違って、人間の身体《からだ》はそんなに簡単にパーツの交換きかないし、区役所からお知らせが来たら、今年は内科の検診にも行こうかな。

身体にいいこと、してますか？

バイクで信号待ちをしていたときに、迷子になっている子犬を見つけた。茶色でふかふかした毛並みで丸顔の、鼻のところの黒いやつ♡　かわいー♡

（あーあ、危ないなぁ……。車道に出たら、轢《ひ》かれちゃうぞ……）

心配しながら見ていたところ、そいつがこっちを振り向いた。円《つぶ》らな黒い瞳《ひとみ》と、ばっちり視線があった。その瞬間、子犬の顔が輝いた。短い尻尾《しっぽ》が元気よく振られる。

（うげっ⁉）

フルフェイスのヘルメットだったしまさかと思ったけれど、間違いない。該当者はほかにいない。その子犬は晴れやかな顔で尻尾を振りたくり、ぽてぽてとわたしのほうに――。

（ひいいいっ！　ごめんよぉっ！　うちのマンションはペット禁止なんだよぉぅ！）

逃げた。ちょうど信号が変わったから。何年かまえの話である。

今住んでいるマンションは、一匹ならペット可である♡　犬を飼うことは、子供の頃からの憧《あこが》れだった。環境に許され資金も都合がつき、ようやく念願叶《かな》うわけだ。ペットショップを見つけた。犬種も決めた。名前も決めた。お散歩コースも決めた。新聞の折り込みチラシから、獣医師とペット霊園の広告も見つけておいた。あとは……。最近になって症状が出てきた、ハウスダスト等のアレルギーを治すだけである。

愛犬家への道は、まだまだ遠い――。

「ミゼルの使徒《しと》」第六巻『迷蝶《めいちょう》の渓谷《けいこく》』発刊です。お待たせしました♡
回国《かいこく》の旅も、いよいよ終わり。王立学問所の研究員採用試験を受験するため、ミゼルの使徒として活動することを選んだリンゼは、どうにか無事に予定どおりの活動をこなし、評価点数を稼ぎ終えて、受験資格を獲得しました。ジェイとルミは回国を終了して、リンゼとともに王都にある聖地に向かおうとします。しかし偶然か必然か、王都の魔道師《まどうし》たちにも感知された凶事を示すものは、水晶竜《すいしょうりゅう》の爪《つめ》を所持するジェイのすぐ近くにあり、三人はそれを無視して通りすぎることはできません。足を向けた先でジェイたちが目にしたのは、地図にない、あるはずのない村でした。
ときに運命は抗《あらが》うことのできない非情の力で、その人の未来を、まったく予測不可能なものへ変えてしまいます。それはまるで、舞い遊ぶ蝶をさらって見知らぬ場所へと運び去る強風のように――。時が流れ続けているかぎり、明日は必ずやってきます。しかし、努力することなしに、望ましい明日を手に入れることはできません。そして、現実が過酷であることは事実であり、誰もが皆、願いどおりに生きられるわけではないことも、忘れてはなりません。
今回は、お待たせしました&おひさしぶりー♪　のキャラ満載でお贈りします♡　最終巻だし、サービスサービス♡

シリーズ最終巻恒例の、キャラクター人気投票、結果発表～♡
いつものごとくドンブリ勘定での集計なので、手紙を出さなかった人も、全員参加ということでいくのだ！

☆第一位っ！　ジェイ　愛想《あいそ》なしだが多才で芸達者な兄さん♡　嫁に来てほしいっ！
「………………」あ、あの、お願いですから、ガン飛ばさないでください……。

☆第二位　ルミ　美形キャラはやはり強し！　病んでいるのも、趣があってよし♡
「ありがとう♡」にこ♡　バックにお花の幻が見えますっ！　目の保養～♡

☆第三位　リンゼ　がんばれの応援票と、愛玩《あいがんひょう》票だったりして♪
「生きて戻れてよかったです」はは♡　来年度の試験、がんばってください！

☆第四位　ゼルアドス　格好いい海の男！　ジェイとのコンビも絵になりました♡
「……どうも」地黒なので赤くなってもわかりませんが、照れ屋さんなんですよね♡
ミゼルの新作キャラメインということであえてカウントしませんでしたが、我らが精《せい》龍王《りゅうおう》ディーノ様と聖魔道士《せいまどうし》レイム様は、出番がなくてもシリーズ最初から、新作キャラそっちのけで、出演を待ち望むお嬢様がたから、ラブコールざっくざくでございました♡
噂話《うわさばなし》でもいいの、消息が知りたいのっ！　なんだか、切実でしたのね。

で、いつものおまけっ♪
「『ミゼルの使徒《しと》』キャラクターイメージCV」の発表なのだ♡　毎度ながら、わたしの好みと横暴めいっぱいの、キャスティング案であります♡

・ジェイ――藤原啓治
・ルミ――成瀬　誠
・リンゼ――サエキトモ
・ディーノ――速水　奨
・レイム――櫻井孝宏
・サフィア・レーナ――井上喜久子
・シルヴィン――林原めぐみ
・ルージェス――鷹森淑乃
・エレイン――雪乃五月
・ハッシュ――藤本　譲
・ギルフォード――平田広明
・ヒナキスエン――茂木　滋
・ゼルアドス――中田和哉
・ピーチ――飯塚雅弓

こんな感じで、以上、敬称略にて、御免あそばせ♡　プラパ・ゼータ全作品を通して、重ならないように考えたキャスティングにしてあります。今回のミゼルのシリーズは、一話完結方式で進めてきたので、二冊以上出演したキャラと、ファンレターで人気のあったキャラと、わたしのお気に入りのなかからキャスティングしてみました♡　実際に台詞《せりふ》の読み合わせをしてみると、「ん?」というバランスになっちゃうかもですが、そこのところはまぁ机上の空論だからして、御容赦くださいな♡

プラパ・ゼータの世界巡りにおつき合いいただきまして、ありがとうございました♡　全部を書くことができたわけではないけれど、おおむねあんな感じです。上下水道完備は一部の都会だけ、ガスも電気もない不便なところですが、わたしは好きなんだな♡
さて、次回からは、現代日本を舞台にしたファンタジック・ミステリーです♡　シリーズタイトルは、「輝夜彦夢幻譚」。イリュージョン・マジックを行う少年奇術師と、少年探偵の二人を主人公にして、一話完結方式でさっくりとお話を進めていく予定です♡　第一巻タイトルは『顔のない怪盗』。発売日チェックをどうぞよろしく♡

最後になってしまいましたけれども。

この本を出版してくださいました講談社様。
担当してくださいました蒔田様、鈴木様。お世話かけてます！　健康第一ですよね♡
偉大なる印刷所の皆様と、校閲の皆様。造語山盛りの異世界へおつき合いいただきまして、ありがとうございました♡　次は現代日本です！　たぶん少しはましです！
素敵なイラストを描いてくださいました、飯坂《いいさか》友佳子《ゆかこ》先生♡　データディスクマンが故障して、修理が待てずに電子辞書を買いました。最初、馬鹿にしてたんですが、今のって辞書二十一冊分も入るんですねぇ。私も電子辞書愛用者になりました♡

そして、読んでくださった方々に。
心から。
ありがとうございます。
素敵な作品たくさん書けるように頑張るから、見ててね♡
二〇〇二年五月十三日　フォションのミルクジャム大好き♡

流《ながれ》　星香《せいか》

流　星香先生の『迷蝶の渓谷』、いかがでしたか？
流　星香先生、イラストの飯坂友佳子先生への、みなさまのお便りをお待ちしております。
流　星香先生へのファンレターのあて先
〒112-8001　東京都文京区音羽2-12-21　講談社　X文庫「流　星香先生」係
飯坂友佳子先生へのファンレターのあて先
〒112-8001　東京都文京区音羽2-12-21　講談社　X文庫「飯坂友佳子先生」係

N.D.C.913　270p　15cm

流 星香（ながれ・せいか）　　　　講談社X文庫

1965年9月28日生まれ。天秤座、B型。お祭り騒ぎ大好きの、元気でおちゃめな大阪娘。基本的に明るく正しい、子供の味方である♡戦国時代ファンタジーでデビュー。ＳＦアクションや学園ものも書く。著書に『プラパ・ゼータ』(全6巻)、『プラパ・ゼータ外伝◉精龍王』(全6巻)、『プラパ・ゼータ外伝◉金色の魔道公子』(全6巻)、『電影戦線』(全6巻プラス1巻)、『天竺漫遊記』(全5巻)がある。そして、本書は『プラパ・ゼータ』の新世界を描くシリーズの最終巻である。

white heart

迷蝶《めいちょう》の渓谷《けいこく》　プラパ・ゼータ　ミゼルの使徒《しと》 6

流《ながれ》 星香《せいか》

●

2002年7月5日　第1刷発行

定価はカバーに表示してあります。

発行者――野間佐和子
発行所――株式会社 講談社
東京都文京区音羽2-12-21 〒112-8001
電話 編集部 03-5395-3507
販売部 03-5395-5817
業務部 03-5395-3615
本文印刷―豊国印刷株式会社
製本――株式会社千曲堂
カバー印刷―半七写真印刷工業株式会社
デザイン―山口　馨

ISBN4-06-255624-3